UMA PRINCESA DE MARTE
EDGAR RICE BURROUGHS

Tradução
Ricardo Giassetti

ALEPH

UMA PRINCESA DE MARTE

TÍTULO ORIGINAL:
A princess of Mars

CAPA:
Giovanna Cianelli

PREPARAÇÃO DE TEXTO:
Octávio Aragão
Marcos Fernando de Barros Lima

PROJETO GRÁFICO E DIAGRAMAÇÃO:
Desenho Editorial

REVISÃO:
Hebe Ester Lucas
Silvia Mourão
Isabela Talarico

DIREÇÃO EXECUTIVA:
Betty Fromer

COMUNICAÇÃO:
Nathália Bergocce

DIREÇÃO EDITORIAL:
Adriano Fromer Piazzi

COMERCIAL:
Giovani das Graças
Lidiana Pessoa
Roberta Saraiva
Gustavo Mendonça
Pâmela Ferreira

DIREÇÃO DE CONTEÚDO:
Luciana Fracchetta

EDITORIAL:
Daniel Lameira
Andréa Bergamaschi
Débora Dutra Vieira
Luiza Araujo

FINANCEIRO:
Roberta Martins
Sandro Hannes

PUBLICADO ORIGINALMENTE EM 1912 COMO SÉRIE EM REVISTA, SOB O TÍTULO "UNDER THE MOON OF MARS", E COMO LIVRO INTITULADO *A PRINCESS OF MARS* EM 1917.

© ALEPH, 2021 PARA ESTA EDIÇÃO

TODOS OS DIREITOS RESERVADOS.
PROIBIDA A REPRODUÇÃO, NO TODO OU EM PARTE, ATRAVÉS DE QUAISQUER MEIOS.

EDITORA ALEPH

Rua Tabapuã, 81 - cj. 134
04533-010 – São Paulo – SP – Brasil
Tel.: (55 11) 3743-3202
www.editoraaleph.com.br

DADOS INTERNACIONAIS DE CATALOGAÇÃO NA PUBLICAÇÃO (CIP)
(VAGNER RODOLFO DA SILVA - CRB-8/9410)

B972p Burroughs, Edgar Rice
Uma princesa de Marte / Edgar Rice Burroughs ; traduzido por Ricardo Giassetti. - 2. ed. - São Paulo, SP : Editora Aleph, 2020.
280 p. ; 14cm x 21cm.

Tradução de: A princess of Mars
ISBN: 978-65-86064-21-6

1. Literatura americana. 2. Ficção científica. 3. Romance. 4. Fantasia. I. Giassetti, Ricardo. II. Título.

2020-2317

CDD 813.0876
CDU 821.111(73)-3

ÍNDICES PARA CATÁLOGO SISTEMÁTICO:

1. Literatura americana : ficção científica 813.0876
2. Literatura americana : ficção científica 821.111(73)-3

Para meu filho Jack

PREFÁCIO

Ao leitor deste trabalho

Ao oferecer a você o estranho manuscrito do capitão Carter em forma de livro, acredito que algumas poucas palavras relativas a essa marcante personalidade sejam de interesse.

Minha primeira lembrança do capitão Carter vem de sua estada de alguns meses na casa de meu pai, na Virgínia, imediatamente antes do começo da Guerra Civil. Na época, eu era uma criança de uns cinco anos, mas continuo me lembrando bem do homem alto, atlético, moreno, de rosto brilhante, a quem eu chamava de Tio Jack.

Ele parecia estar sempre sorrindo, e entrava nas brincadeiras das crianças com a mesma camaradagem sincera que demonstrava pelos passatempos aos quais os homens e mulheres de sua idade se dedicavam. Ou, então, ele se sentava por uma hora inteira entretendo minha velha avó com histórias de sua vida estranha e perigosa mundo afora. Todos o amavam, e nossos escravos praticamente veneravam o chão no qual ele pisava.

Ele era um esplêndido exemplo de masculinidade, chegando a quase um metro e noventa de altura, de ombros largos e quadril estreito, com o porte de um lutador bem treinado. Suas feições eram regulares e bem definidas, seu cabelo preto cortado rente, enquanto seus olhos eram de um cinza-aço, refletindo uma personalidade forte e leal, cheia de fulgor e iniciativa. Seus modos eram perfeitos e sua cortesia era a mesma de um típico cavalheiro do Sul da mais alta estirpe.

Seu estilo ao cavalgar, especialmente na caça à raposa, maravilhava e impressionava, mesmo naquela região de magníficos cavaleiros. Ouvi com frequência meu pai adverti-lo quanto a sua ousadia desenfreada, mas ele apenas ria e dizia que a queda que o mataria seria causada por um cavalo que ainda não havia nascido.

Quando a guerra começou, ele partiu e não o vi novamente pelos próximos quinze ou dezesseis anos. Quando retornou, foi sem aviso, e fiquei bastante surpreso ao perceber que ele não havia envelhecido sequer um segundo, que suas feições não haviam mudado. Quando estava na companhia de outros, ele era o mesmo camarada genial e feliz que conhecíamos há tempos; mas, quando ficava a sós com seus pensamentos, eu o via sentar-se por horas a fio, olhando o nada, seu rosto assumindo um ar de espera melancólica e completa desolação. E, à noite, ele se sentava olhando para o céu; procurando o que eu não sabia, até ler este manuscrito anos depois.

Ele nos disse que havia prospectado e minerado no Arizona durante uma parte do tempo desde a guerra, e que havia sido bem-sucedido era evidente, dada a quantia ilimitada de dinheiro que possuía. Quanto aos detalhes de sua vida durante esses anos, ele era reticente. Na verdade, não falava sobre isso, em absoluto.

Ele ficou conosco por cerca de um ano e então foi para Nova York, onde havia adquirido um recanto às margens do Hudson. Passei a visitá-lo uma vez por ano quando viajava para Nova York – onde, na época, meu pai e eu comprávamos suprimentos para abastecer nossa rede de lojas de departamentos no Estado da Virgínia. O capitão Carter tinha uma pequena, mas bela casa em uma escarpa debruçada sobre o rio. Em uma das minhas últimas visitas, no inverno de 1885, observei que estava muito ocupado escrevendo, presumo agora, este manuscrito.

Ele me pediu na época que, caso algo lhe acontecesse, eu me encarregasse de seus bens. Deu-me uma cópia da chave para um compartimento do cofre que ficava em seu estúdio, dizendo que ali eu encontraria seu testamento, além de algumas instruções pessoais às quais me fez prometer obedecer com absoluto rigor.

Depois que me retirei para dormir, pude vê-lo de minha janela, em pé sob o luar e na beira do penhasco sobre o Hudson, com os braços para o alto, como que em um apelo. Pensei que estivesse rezando, apesar de nunca ter imaginado que ele fosse um homem religioso, no sentido estrito da palavra.

Vários meses depois de retornar para casa após minha última visita – creio que por volta do dia 1º de março de 1886 –, recebi um telegrama dele me pedindo que voltasse imediatamente. Sempre fui seu favorito entre a geração mais nova dos Carter, então me apressei em cumprir seu pedido.

Desembarquei na pequena estação a cerca de um quilômetro e meio de suas terras, na manhã de 4 de março de 1886. E, quando pedi ao cocheiro que me levasse até o capitão Carter, ele respondeu que, caso eu fosse algum amigo do capitão, teria notícias muito ruins a dar. O capitão fora encontrado morto pelo vigia de uma propriedade vizinha logo após o amanhecer daquele dia.

Por alguma razão suas palavras não me surpreenderam, mas apressei-me para chegar ao local o mais rápido possível a fim de cuidar do corpo e dos serviços.

Encontrei o vigia que o havia descoberto junto a um policial local e a vários cidadãos reunidos em seu pequeno estúdio. O vigia relatou os poucos detalhes ligados ao corpo que, segundo ele, ainda estava quente quando foi encontrado. Estava deitado, disse ele, estirado na neve, na direção da escarpa, com os braços abertos sobre a cabeça. Quando ele me mostrou o lugar, lembrei-me de que era o mesmo ponto onde eu o havia visto naquelas outras noites, com seus braços para o alto, suplicando aos céus.

Não havia marcas de violência em seu corpo, e com a ajuda de um médico local os investigadores chegaram à conclusão de que a causa da morte fora um ataque cardíaco. Sozinho no estúdio, abri o cofre e retirei o conteúdo da gaveta onde ele havia dito que eu encontraria as minhas instruções. Eram, em parte, realmente peculiares, mas as segui com máxima dedicação até os últimos detalhes.

Ele me orientava a levar seu corpo para a Virgínia sem embalsamá-lo e que o colocasse em um caixão aberto dentro de uma tumba que ele mesmo havia construído previamente. A tumba, como eu saberia posteriormente, era muito bem ventilada. As instruções me obrigavam a supervisionar pessoalmente os serviços, tal como fora pedido, mesmo que em sigilo, se necessário.

Sua propriedade foi mantida de tal forma que eu receberia os lucros durante vinte e cinco anos, após os quais o imóvel se tornaria meu. Suas próximas instruções eram relacionadas a este manuscrito, que eu deveria manter lacrado e em segredo, do modo como o havia encontrado, por onze anos. E não deveria divulgar seu conteúdo senão vinte e um anos após sua morte.

Um detalhe estranho sobre a tumba na qual seu corpo ainda repousa: a pesada porta, equipada com uma única e grande fechadura folheada a ouro, *só pode ser aberta de dentro para fora.*

Sinceramente,
Edgar Rice Burroughs

CAPÍTULO I

Nas colinas do Arizona

Sou um homem muito velho. Quanto, eu não sei. É possível que eu tenha cem anos, talvez mais, mas não posso calcular porque nunca envelheci como os outros, nem sequer lembro de minha infância. Por mais que tente me lembrar, sempre fui um homem, um homem de uns trinta anos. Minha aparência hoje é a mesma de quarenta anos atrás, talvez mais; mesmo assim, sinto que não viverei para sempre, que algum dia morrerei a verdadeira morte da qual não há ressurreição. Não sei por que eu deveria temer a morte. Eu, que morri duas vezes e continuo vivo. Mas continuo tendo o mesmo medo de alguém que, como você, nunca morreu antes. E é por causa desse terror pela morte que, acredito, continuo tão convencido de minha mortalidade.

Por causa dessa convicção, decidi escrever a história dos períodos interessantes da minha vida e morte. Não posso explicar tal fenômeno, mas apenas registrar aqui, com as palavras de um simples soldado, a crônica dos estranhos eventos que se abateram sobre mim durante os dez anos em que meu cadáver descansou em segredo em uma caverna do Arizona.

Nunca contei esta história antes e homem algum deve ler este manuscrito antes que eu tenha partido para a eternidade. Sei que, de maneira geral, a mente humana não acredita no que não pode captar, e também não pretendo ser ridicularizado pelo público, pelos oradores e pela imprensa, ser apregoado como um grande mentiroso quando não estou dizendo nada além da pura verdade que algum dia a ciência comprovará. É provável que as informações que reuni sobre Marte e o conhecimento que transcrevo nestas crônicas ajudem em um primeiro entendimento dos mistérios de nosso planeta parente. Mistérios para você, não mais para mim.

Meu nome é John Carter, mais conhecido como capitão Jack Carter, da Virgínia. No final da Guerra Civil, minhas posses somavam muitas centenas de milhares de dólares (confederados) e o posto de capitão comissionado da cavalaria de um exército que não existia mais. Eu era o servo de um Estado que havia evaporado junto com as esperanças do Sul. Sem a quem responder, sem dinheiro e com meus meios de sobrevivência e defesa perdidos, decidi partir para o Sudoeste e tentar recuperar minhas riquezas buscando por ouro.

Passei quase um ano prospectando na companhia de outro oficial confederado, o capitão James K. Powell, de Richmond. Tivemos muita sorte quando, no final do inverno de 1865, após muito esforço e privação, localizamos o mais notável veio de ouro que nem nossos sonhos mais delirantes haviam ousado imaginar. Powell, engenheiro de minas por formação, afirmou que havíamos descoberto mais de um milhão de dólares do mineral a ser extraído em meros três meses.

Nossos equipamentos eram tão rústicos que decidimos que um de nós voltaria à civilização, compraria o maquinário necessário e retornaria com um número suficiente de homens aptos para trabalhar na mina.

Por Powell conhecer melhor a região e também ser familiarizado com os requerimentos técnicos para mineração, decidimos que ele seria a melhor escolha para fazer a viagem. Concordamos que seria eu a defender nossa posse na remota possibilidade de algum explorador errante tentar tomá-la.

No dia 3 de março de 1866, Powell e eu amarramos suas provisões em dois de nossos burros e nos despedimos; então ele montou no cavalo e começou a descer a colina na direção do vale, rumo à primeira etapa de sua viagem.

A manhã da partida de Powell estava clara e bela, assim como quase todas as manhãs no Arizona. Eu podia vê-lo e a seus animais em sua rota montanha abaixo. Durante toda a manhã, eu os avistei no topo de alguma encosta ou planalto. Vi Powell pela última vez por volta das três da tarde, quando ele adentrou as sombras das montanhas do outro lado do vale.

Cerca de meia hora depois, ao olhar casualmente para o vale, notei, surpreso, três pequenos pontos perto do mesmo lugar onde havia visto meu amigo e seus dois animais de carga pela última vez. Não sou dado a me preocupar à toa, mas quanto mais tentava acreditar que tudo estava bem com Powell – que aqueles pontos que vi em sua trilha eram antílopes ou cavalos selvagens –, menos conseguia me convencer.

Desde que entramos no território, não avistamos sequer um índio hostil. E, também, nos tornamos extremamente descuidados. Costumávamos ridicularizar as histórias que ouvíamos sobre os inúmeros assaltantes que patrulhavam as trilhas, cobrando seu pedágio na forma de vidas e torturando qualquer grupo de brancos que aparecesse em seu caminho.

Eu sabia que Powell estava bem armado e, além disso, tinha experiência em enfrentar índios. Mas eu também havia sobrevivido e lutado anos a fio entre os sioux no Norte e sabia que suas chances seriam pequenas contra um grupo de astuciosos apaches em seu encalço. Finalmente, não pude mais suportar o suspense e, armado com meus dois revólveres Colt e uma carabina, ajustei dois cintos de cartuchos sobre mim, montei em meu cavalo arreado e desci pela mesma trilha de Powell.

Assim que cheguei à planície, incitei meu cavalo a meia-marcha, quando era praticável, até que perto do crepúsculo encontrei o ponto onde outros rastros se juntavam aos de Powell. Eram rastros de pôneis desferrados, três deles, e tinham vindo a galope.

Segui as pegadas rapidamente até que ficasse totalmente escuro, sendo forçado a esperar a lua nascente, tempo em que tive a oportunidade de especular se minha perseguição era sábia. É provável que eu tenha cogitado perigos impossíveis como alguma dona de casa preocupada e que, quando alcançasse Powell, daríamos gargalhadas de minha aflição. Porém, não sou dado a sensibilidades. Seguir o chamado do dever, aonde quer que me levasse, sempre foi uma espécie de fetiche durante toda a minha vida, o que deve ser o motivo das honras recebidas por mim de três repúblicas, de condecorações e da amizade de um velho e poderoso imperador e de outros tantos reis menores a serviço dos quais minha espada se manchou de vermelho muitas vezes.

Por volta das nove horas, a lua estava suficientemente clara para que eu prosseguisse meu caminho sem maiores dificuldades em rastrear a trilha a passos largos e, em alguns pontos, a trote ligeiro. Por volta da meia-noite alcancei o poço onde Powell deveria acampar. Cheguei ao local cautelosamente, mas estava deserto e sem sinais recentes de acampamento.

Fiquei surpreso ao ver que os rastros dos perseguidores – pois agora sabia que realmente o eram – continuaram seguindo Powell após uma breve parada no poço. E mantinham a mesma velocidade que a dele.

Eu estava convencido de que os perseguidores eram apaches e que queriam capturar Powell vivo pelo prazer maquiavélico da tortura. Aticei meu cavalo adiante, em galope ainda mais perigoso, na esperança de alcançá-los antes que os covardes o atacassem.

Outras conjecturas foram subitamente suspensas pelo som distante de dois tiros à minha frente. Eu sabia que Powell precisava de mim naquele derradeiro momento e, imediatamente, esporei meu cavalo subindo o mais rápido possível pela trilha estreita e difícil montanha acima.

Eu havia percorrido cerca de um quilômetro e meio ou mais sem ouvir outros sons quando a trilha subitamente desembocou em uma pequena clareira perto do topo do caminho. Eu havia passado por um desfiladeiro alto e estreito antes de chegar à clareira, e a visão com a qual deparei encheu meus olhos de confusão e terror.

A pequena extensão de terra plana estava branca de tantas tendas, e havia provavelmente cinquenta guerreiros índios amontoados em volta de um objeto no centro do acampamento. Sua atenção estava tão fixada no objeto em questão que sequer me notaram, e eu poderia ter facilmente recuado para as sombras do desfiladeiro e escapado em perfeita segurança. O fato de esse pensamento não ter me ocorrido até o dia seguinte anula qualquer direito de reclamar heroísmo de minha parte, coisa que a narração deste episódio poderia fazer cair sobre mim.

Não acho que eu seja feito do material de que são construídos os heróis porque, de todas as vezes que meus atos voluntários me colocaram face a face com a morte, não me lembro de nenhuma em que pensei em outra alternativa até algumas horas depois. Minha mente é evidentemente constituída de forma a me forçar ao chamado do dever sem que seja preciso um cansativo processo mental. Mas, de qualquer maneira, nunca me arrependi de não ter a covardia como opção.

Sendo assim, eu estava certo de que Powell era o centro das atenções, mas se pensei ou agi primeiro, não sei. No mesmo instante em que a cena se desdobrou diante de mim, eu já havia sacado meus revólveres e estava disparando contra o exército de guerreiros inimigos, atirando rápido e gritando a plenos pulmões. Sozinho, eu não poderia ter escolhido melhor tática, uma vez que os vermelhos, convencidos pela surpresa de que nada menos que todo um regimento estava sobre eles, correram em todas as direções em busca de seus arcos, flechas e rifles.

A sensação que essa fuga desabalada me provocou foi de apreensão e raiva. Sob os raios claros do luar do Arizona, jazia Powell, seu corpo crispado pelas flechas hostis dos índios. Eu estava completamente convencido de que ele já estava morto, mas mesmo assim salvaria seu corpo da mutilação pelas mãos dos apaches tão rápido quanto o salvaria de uma morte certa.

Cavalguei para perto dele e desci da sela. Segurando-o pelo cinturão de cartuchos, coloquei-o nas costas de minha debilitada montaria. Um breve olhar para trás me convenceu de que retornar pelo mesmo caminho por onde tinha vindo seria mais perigoso do que continuar através do platô. Então, esporando meu pobre animal, acelerei na direção da abertura da passagem que eu conseguia distinguir do outro lado da planície.

A essa altura os índios já haviam descoberto que eu estava sozinho e fui perseguido por imprecações, flechas e tiros de rifles. Como apenas imprecações são fáceis de se mirar sob a luz da lua, e em razão de estarem irritados com o modo súbito como cheguei e de eu ser um alvo em movimento, consegui me salvar de vários projéteis mortais inimigos até alcançar as sombras dos picos ao redor antes que meus perseguidores pudessem se organizar.

Meu animal cavalgava praticamente sem ser guiado porque eu sabia que, provavelmente, tinha menos noção da localização da trilha para a passagem do que ele. Assim, ocorreu que ele adentrou um desfiladeiro que levava ao topo das montanhas e não à passagem pela qual eu ansiava chegar ao vale em segurança. É provável, porém, que eu deva minha vida a esse fato e às marcantes experiências e aventuras que ocorreram comigo nos próximos dez anos.

O primeiro aviso de que eu estava na trilha errada veio quando ouvi os gritos dos perseguidores selvagens rapidamente se tornando mais e mais distantes do meu lado esquerdo.

Eu sabia que eles haviam passado pela esquerda da formação de rochas pontudas na beira do platô, à direita da qual meu cavalo nos havia carregado, a mim e ao corpo de Powell.

Interrompi meu avanço em um pequeno promontório plano com vista para a trilha abaixo e à esquerda, e vi o grupo de selvagens perseguidores desaparecendo em uma área próxima ao pico vizinho.

Sabia que os índios logo descobririam que estavam na trilha errada e que a busca por mim seria retomada na direção correta assim que localizassem minhas pegadas.

Eu havia percorrido apenas uma pequena distância quando o que pareceu ser uma excelente trilha abriu-se perto da face de um alto penhasco. A trilha era plana, bastante ampla e seguia para cima na direção em que eu desejava seguir. O penhasco se erguia por centenas de metros à minha direita e, à minha esquerda, havia uma queda similar e quase perpendicular para o fundo de uma ravina rochosa.

Segui por essa trilha por talvez uns cem metros quando uma curva acentuada para a direita levou-me até a boca de uma grande caverna. A abertura tinha aproximadamente um metro e vinte de altura e cerca de outro metro de largura. Ali acabava a trilha.

Já era manhã e, com a costumeira ausência de alvorada – uma surpreendente característica do Arizona –, o dia havia surgido quase sem aviso.

Desmontei, estendi Powell no chão, mas um exame mais detalhado não revelou a menor centelha de vida. Verti água de meu cantil por entre seus lábios mortos, banhei sua face e esfreguei suas mãos, tentei reanimá-lo incessantemente por quase uma hora, mesmo sabendo que ele já estava morto.

Eu tinha muito apreço por Powell, que era um homem completo em todos os aspectos, um refinado cavalheiro sulista, um amigo leal e verdadeiro, e foi com um sentimento do mais profundo pesar que finalmente desisti de minhas grosseiras tentativas de ressuscitá-lo.

Deixando o corpo de Powell depositado na entrada da caverna, rastejei para o interior a fim de reconhecer o terreno. Encontrei uma grande câmara com possivelmente trinta metros de diâmetro e dez ou doze metros de altura, um piso liso e bastante desgastado, e muitas outras evidências de que a caverna, em algum período remoto, havia sido habitada. O fundo da caverna estava tão perdido na densa escuridão que não pude distinguir se havia aberturas para outros aposentos ou não.

Enquanto continuava meu exame, comecei a ser tomado por uma agradável sonolência, a qual atribuí à fadiga de minha longa e árdua cavalgada e à excitação da luta e da perseguição. Senti-me relativamente seguro em minha posição atual, já que sabia que um homem só seria capaz de defender a trilha para a caverna contra todo um exército.

Logo fiquei tão sonolento que quase não pude resistir ao forte desejo de me jogar no chão da caverna para descansar por alguns momentos, mas eu sabia que esta não era uma opção, já que significaria a morte certa nas mãos de meus amigos de pele vermelha, que poderiam atacar a qualquer momento. Com esforço, comecei a me dirigir para a abertura da caverna apenas para cambalear, como que embriagado, contra uma parede lateral, e daí deslizar de bruços para o chão.

CAPÍTULO II

A fuga da morte

Uma sensação de deliciosa languidez se abateu sobre mim, meus músculos relaxaram e estava a ponto de me entregar ao desejo de dormir quando o som de cavalos se aproximando chegou aos meus ouvidos. Tentei me erguer, mas fiquei horrorizado ao descobrir que meus músculos se recusavam a responder aos meus comandos. Eu continuava completamente desperto, mas incapaz de mover um músculo sequer, como se tivesse me transformado em pedra. Foi então, pela primeira vez, que notei um leve vapor preenchendo a caverna. Era extremamente tênue e só podia ser notado contra a abertura que levava à luz do dia. Também chegou às minhas narinas um odor ligeiramente acre, e pude apenas supor que eu havia sido abatido por algum gás venenoso. Mas, como mantinha a consciência e ainda assim estava incapacitado de me mover, era algo que não conseguia compreender.

Eu havia me deitado voltado para a abertura da caverna, de onde podia ver um pequeno trecho da trilha que se encontrava entre a caverna e a curva do penhasco ao redor do qual a trilha passava. O barulho de cavalos se aproximando havia cessado e julguei que os índios estivessem rastejando furtivamente em minha direção ao longo da pequena saliência que levava à minha tumba em vida. Lembro-me de ter desejado que acabassem comigo rapidamente, já que não tinha nenhum apreço especial pela ideia das incontáveis coisas que poderiam fazer comigo caso lhes aprouvesse.

Não precisei esperar muito até que um som furtivo me informasse de sua proximidade e, em seguida, um rosto encoberto por um chapéu e com listras pintadas esticou-se cuidadosamente próximo da borda do penhasco. Olhos selvagens encontraram os meus. Tinha certeza de que ele podia me ver na mortiça luz da caverna, uma vez que toda a luz do sol nascente projetava-se sobre mim pela abertura.

O índio, em vez de se aproximar, simplesmente parou e me encarou, com olhos saltando das órbitas e de queixo caído. E então outro rosto selvagem apareceu, e um terceiro e um quarto e um quinto, erguendo seus pescoços sobre os ombros dos companheiros que não ousavam ultrapassar a estreita fenda. Cada rosto exibia uma imagem de assombro e medo, mas por qual razão não pude atinar, nem vim a descobrir antes que se passassem dez anos. Era aparente que havia mais guerreiros por trás dos que me observavam, já que os primeiros transmitiam palavras sussurradas para os que se encontravam atrás.

De repente, um lamento baixo, porém distinto, foi emitido nas profundezas da caverna atrás de mim. Quando os índios o ouviram, viraram-se e correram aterrorizados, assolados pelo pânico. Tão desesperados foram seus esforços para escapar do ser invisível atrás de mim que um dos guerreiros foi impetuosamente arremessado do penhasco para as rochas abaixo. Seus gritos lancinantes ecoaram pelo desfiladeiro por um curto período de tempo, e mais uma vez tudo ficou em silêncio.

O som que os havia aterrorizado não se repetiu, mas foi suficiente para que eu começasse a especular a respeito do possível horror oculto nas sombras às minhas costas. O medo é um sentimento relativo, de modo que só posso medir minhas impressões naquele momento por meio das situações de perigo que vivi em períodos anteriores àquele, ou por meio das experiências que passei desde então; mas posso afirmar sem nenhuma vergonha que, se as sensações que suportei durante os minutos seguintes foram de medo, que Deus ajude o covarde, pois a covardia é, sem sombra de dúvidas, sua própria punição.

Estar paralisado de costas para um perigo tão horrível e desconhecido, de cujo som os ferozes guerreiros apaches fogem desenfreadamente como um rebanho de ovelhas fugiria de uma matilha de lobos, me parece a última palavra em situações apavorantes para um homem que sempre esteve acostumado a lutar por sua vida com todas as forças de sua poderosa constituição.

Diversas vezes pensei ter ouvido sons débeis atrás de mim, como se alguém estivesse se movendo com cuidado, mas finalmente até esses sons cessaram e fiquei só, para contemplar minha própria situação. Podia apenas conjecturar vagamente sobre a causa de minha paralisia, e minha única esperança era que passasse de forma tão repentina quanto se abatera sobre mim.

No final da tarde, meu cavalo, que ficara parado com as rédeas soltas diante da caverna, começou a descer lentamente a trilha – evidentemente em busca de comida e água –, e fiquei só com o misterioso e desconhecido companheiro e com o corpo sem vida de meu amigo, que, dentro de meu campo de visão, jazia na saliência em que o havia colocado no início da manhã.

De lá até possivelmente a meia-noite, tudo foi silêncio, o silêncio da morte. Então, repentinamente, o pavoroso lamento da manhã invadiu meus alarmados ouvidos, e novamente das sombras escuras veio o som de algo se movendo e um fraco murmúrio, como o de folhas mortas. O choque para o meu já extenuado sistema nervoso foi terrível ao extremo e, com um esforço sobre-humano, esforcei-me para quebrar meus terríveis grilhões. Foi um esforço da mente, da vontade, dos nervos; não muscular, pois não era capaz de mover nem meu dedo mínimo, mas não menos intenso apesar de tudo. E então algo cedeu, houve uma momentânea sensação de náusea, um barulho agudo como o estalar de um fio de aço, e me pus em pé de costas contra a parede da caverna, encarando meu inimigo desconhecido.

A luz da lua inundou a caverna e, diante de mim, estava meu próprio corpo, na mesma posição em que estivera deitado durante todas aquelas horas, com os olhos encarando a borda externa e as mãos pousadas frouxamente sobre o chão. Primeiro observei meu corpo sem vida sobre o chão da caverna e, em seguida, olhei para mim mesmo em total perplexidade, pois ali eu jazia vestido, e todavia estava em pé, nu como no momento em que nasci.

A transição foi tão repentina e tão inesperada que por um instante me esqueci de tudo, exceto de minha estranha metamorfose. Meu primeiro pensamento foi: "Então isso é a morte! Realmente passei para sempre para aquela outra vida!". Mas não podia acreditar nisso, uma vez que sentia meu coração batendo contra minhas costelas em virtude do vigor do esforço para me libertar do torpor que me havia acometido. Minha respiração saía em arfadas rápidas e curtas, um suor frio brotava de cada poro de meu corpo, e a antiga prática do beliscão revelou o fato de que eu não era, em absoluto, um espectro.

Minha atenção foi nova e repentinamente chamada de volta para os meus arredores por uma repetição do estranho lamento vindo das profundezas da caverna.

Minhas armas estavam atadas ao meu corpo sem vida que, por alguma razão insondável, me era impossível tocar. Minha carabina estava em seu coldre, amarrado à minha sela, e, como meu cavalo havia fugido, fiquei sem meios de defesa. Minha única alternativa parecia ser a fuga, e minha decisão se cristalizou com a recorrência do ruído daquilo que agora parecia, na escuridão da caverna e para minha imaginação distorcida, estar rastejando furtivamente em minha direção.

Incapaz de resistir por mais tempo à tentação de fugir daquele lugar terrível, pulei rapidamente através da abertura para a luz das estrelas de uma noite clara do Arizona. O ar fresco e revigorante das montanhas fora da caverna agiu como um tônico imediato e senti uma vivacidade e uma coragem renovadas fluindo através de meu corpo. Parando na extremidade da abertura, repreendi-me pelo que, agora, parecia ser uma apreensão totalmente injustificada. Imaginei que havia permanecido deitado e indefeso durante muitas horas dentro da caverna, que nada me havia molestado, e meu bom senso, quando pôde seguir um raciocínio claro e lógico, convenceu-me de que os ruídos que ouvi deveriam ser resultado de causas puramente naturais e inofensivas. Provavelmente, a configuração da caverna era tal que uma leve brisa poderia causar os sons que ouvi.

Decidi investigar, mas primeiro ergui a cabeça para encher meus pulmões com o puro e revigorante ar noturno das montanhas. Ao fazer isso, vi estendendo-se muito abaixo de mim a bela vista do desfiladeiro rochoso e uma planície pontilhada de cactos, transformada pela luz do luar em um milagre de doce esplendor e impressionante encanto.

Poucas maravilhas no Oeste são mais inspiradoras do que as belezas de uma paisagem banhada pelo luar no Arizona. As montanhas prateadas à distância, as estranhas luzes e sombras sobre as encostas escarpadas, os riachos e os detalhes inusitados dos rígidos e belos cactos formam uma imagem ao mesmo tempo mágica e inspiradora, como se estivéssemos captando pela primeira vez o vislumbre de algum mundo morto e esquecido, tão diferente de qualquer outro recanto sobre a Terra.

Assim, parado em meditação, desviei meu olhar da paisagem para os céus, no qual uma miríade de estrelas formava uma abóbada para as maravilhas da cena terrestre. Minha atenção foi rapidamente desviada por uma grande estrela vermelha próxima do horizonte distante. Ao mirá-la, senti uma esmagadora fascinação: era Marte, o deus da guerra que, para mim, homem lutador, sempre teve o poder de uma irresistível sedução. Ao olhar para ele naquela longínqua noite, o astro parecia me chamar através do inconcebível vazio, seduzindo-me, atraindo-me como o ímã atrai uma partícula de ferro.

Meu desejo ultrapassava qualquer obstáculo. Fechei os olhos, estendi meus braços em direção ao deus de minha vocação e senti-me atraído, com a rapidez do pensamento, através da incomensurável imensidão do espaço. Houve um instante de frio extremo e absoluta escuridão.

CAPÍTULO III

Minha chegada a Marte

Abri meus olhos para uma estranha e bizarra paisagem. Sabia que estava em Marte e nem uma vez questionei minha sanidade, nem se estava acordado. Não estava dormindo, não havia necessidade de me beliscar dessa vez. Minha consciência disse claramente que eu estava em Marte da mesma forma que sua mente lhe diz que você está na Terra. Você não questiona o fato, e eu não o questionei.

Eu estava deitado de bruços sobre uma cama amarelada, forrada com uma vegetação parecida com musgo que se estendia ao meu redor em todas as direções por intermináveis quilômetros. Eu parecia estar deitado num vale profundo e circular, ao longo da borda externa, de onde pude distinguir as irregularidades das colinas baixas.

Era meio-dia, o sol brilhava com toda força sobre mim e o calor era intenso sobre meu corpo nu, ainda que não mais forte do que teria sido em condições similares em um deserto do Arizona. Aqui e ali havia leves afloramentos de pedras com quartzo que cintilavam à luz do sol. Um pouco à minha esquerda, talvez a uns cem metros, havia uma construção baixa e murada, com cerca um metro e meio de altura. Não havia água ou outra vegetação à vista que não o musgo e, como estava com sede, resolvi fazer uma pequena exploração.

Ao dar impulso com meus pés tive minha primeira surpresa marciana. O esforço, que na Terra teria me colocado em pé, me fez subir cerca de três metros no ar local. No entanto, pousei suavemente no solo, sem choque ou batida dignos de nota. Nesse momento, teve início uma série de evoluções que mesmo na época pareceram ridículas ao extremo. Descobri que deveria aprender a andar novamente, uma vez que o esforço muscular que me fazia caminhar de maneira fácil e segura na Terra me pregava uma estranha peça em Marte.

Em vez de avançar de forma digna e equilibrada, minhas tentativas de caminhar resultaram em uma variedade de saltos que me arremessavam longe do chão cerca de meio metro a cada passo e terminavam comigo de cara ou de costas no chão a cada dois ou três saltos. Meus músculos, perfeitamente ajustados e acostumados à força da gravidade na Terra, brincavam de forma maldosa em minha primeira tentativa de me ajustar à gravidade e à pressão atmosférica menores de Marte.

Contudo, eu estava determinado a explorar a estrutura baixa que constituía a única evidência de habitação à vista, de forma que me ocorreu por acaso o plano singular de reverter ao primeiro princípio da locomoção, engatinhar. Saí-me suficientemente bem nisso, e em instantes havia atingido o muro baixo e circular da estrutura.

A construção parecia não ter portas ou janelas na lateral mais próxima a mim, mas como o muro tinha pouco mais de um metro de altura, coloquei-me cuidadosamente em pé e olhei sobre a parede para a visão mais estranha que jamais havia visto.

O teto da estrutura era feito de vidro sólido, com cerca de dez centímetros de espessura; abaixo dele, havia várias centenas de grandes ovos perfeitamente redondos e brancos como neve. Eles eram quase uniformes em tamanho, com cerca de sessenta centímetros de altura e um pouco menos de diâmetro.

Cinco ou seis ovos já haviam chocado, e as grotescas caricaturas que se sentavam piscando sob a luz do sol foram suficientes para me fazer duvidar de minha sanidade. Pareciam ser constituídas principalmente de uma cabeça, corpo pequeno e esquelético, pescoço comprido e seis pernas, ou, como aprendi mais tarde, duas pernas e dois braços, com um par de membros intermediários que podiam ser utilizados como braços ou pernas, de acordo com a vontade. Os olhos estavam posicionados em pontos extremos das laterais da cabeça, um pouco acima do centro, e se projetavam de tal modo que poderiam olhar para a frente ou para trás de forma independente um do outro, permitindo assim que o estranho animal olhasse em qualquer direção, ou em duas direções ao mesmo tempo, sem a necessidade de virar a cabeça.

As orelhas, um pouco acima dos olhos e próximas uma da outra, eram como pequenas antenas côncavas projetando-se não mais do que dois centímetros e meio nesses jovens espécimes. Seus narizes não passavam de fendas longitudinais no meio da face, entre suas bocas e orelhas.

Não havia penas em seus corpos, que apresentavam um leve tom amarelo-esverdeado. Nos adultos, como viria a aprender logo, essa cor escurece até chegar a um verde-oliva e é mais escura nos machos do que nas fêmeas. Além disso, as cabeças dos adultos não são tão desproporcionais aos corpos como no caso dos jovens.

As íris eram vermelho-sangue, como nos albinos, enquanto a pupila era escura. O globo ocular em si era bastante branco, assim como os dentes. Esses últimos atribuíam uma aparência feroz a uma fisionomia que já seria apavorante e terrível, uma vez que os pontiagudos caninos faziam uma curva para cima, terminando perto de onde os olhos dos seres humanos se localizam. O branco dos dentes não se parecia com o do marfim, mas com a mais branca e brilhante porcelana. Contra o fundo escuro de suas peles cor de oliva, seus caninos sobressaíam de forma impressionante, fazendo com que essas armas tivessem uma aparência formidável.

Notei a maioria desses detalhes mais tarde, já que tive pouco tempo para especular sobre as maravilhas de minha nova descoberta. Tinha observado que os ovos estavam em processo de eclosão e, enquanto assistia aos abomináveis pequenos monstros quebrarem as cascas, deixei de notar a aproximação de cerca de vinte marcianos adultos às minhas costas.

Vieram através do musgo macio e abafado que cobre praticamente toda a superfície de Marte, com exceção das áreas congeladas nos polos e das regiões cultivadas dispersas, e poderiam ter-me capturado com facilidade, porém suas intenções eram bem mais sinistras. Foi o barulho dos apetrechos do guerreiro mais à frente que me chamou a atenção.

Minha vida estava por um fio, e muitas vezes me admiro ter escapado tão facilmente. Caso o rifle do líder desse grupo não balançasse de seu coldre ao lado da sela, de tal modo que batia a coronha contra a sua grande lança de metal, eu teria sido morto sem imaginar sequer que a morte estava próxima. Mas o pequeno som fez com que eu me virasse e ali, sobre mim, a menos de dez passos de distância do meu peito, estava a ponta da grande lança de doze metros de comprimento, com a extremidade revestida de metal reluzente, mantida baixa na lateral de uma versão montada dos pequenos demônios que eu observava.

Quão fracos e inofensivos eles pareciam agora, ao lado dessas enormes e terríveis encarnações do ódio, da vingança e da morte. O próprio homem, pois assim posso chamá-lo, tinha pelo menos quatro metros e meio de altura e, na Terra, teria pesado em torno de cento e oitenta quilos. Estava sentado em sua montaria como nós nos sentamos em um cavalo, segurando o torso do animal com seus membros inferiores, enquanto as mãos de seus dois braços direitos seguravam sua imensa lança ao lado de sua montaria. Seus dois braços esquerdos estavam estendidos lateralmente para ajudar a preservar seu equilíbrio, e a criatura por ele montada não apresentava estribo nem rédeas de nenhuma espécie para condução.

E sua montaria! Como podem palavras humanas descrevê-la? Atingia três metros na altura do ombro, tinha quatro pernas de cada lado, um rabo achatado e largo – maior na ponta do que na raiz, o qual mantinha reto e para trás enquanto corria –, e uma boca escancarada que dividia sua cabeça do focinho até o pescoço longo e volumoso.

Como seu mestre, era totalmente desprovido de cabelo, mas possuía uma cor de ardósia escura, sendo extremamente liso e brilhante. Sua barriga era branca, e suas pernas mudavam da cor de ardósia de seus ombros e quadris para um amarelo vivo nos pés. Os pés em si eram fortemente acolchoados e sem unhas, fato este que também contribuiu para sua aproximação silenciosa e que, assim como a multiplicidade de pernas, constitui um traço característico da fauna de Marte. Apenas o tipo mais evoluído de homem e um outro animal, o único mamífero existente em Marte, possuem unhas bem formadas, e não existe absolutamente nenhum animal com casco lá.

Seguindo esse primeiro atacante demoníaco enfileiravam-se dezenove outros, similares em todos os aspectos, mas, como aprendi mais tarde, apresentando características que lhes são peculiares, exatamente como não há dois de nós idênticos, embora sejamos todos forjados em um molde semelhante. Essa imagem ou, melhor dizendo, esse pesadelo materializado que descrevi detalhadamente causou-me apenas uma impressão terrível e imediata assim que me virei para deparar com ela.

Desarmado e desnudo como estava, a primeira lei da natureza manifestou-se na única solução possível para meu problema imediato, que era sair da área de alcance da ponta da lança posicionada para o ataque. Consequentemente, dei um salto bastante humano, e ao mesmo tempo sobre-humano, para atingir o topo da incubadora marciana, pois determinei que se tratava desse tipo de estrutura.

Meu esforço foi coroado com um sucesso que me chocou não menos do que pareceu surpreender os guerreiros marcianos. Fui elevado dez metros no ar e aterrissei a cerca de trinta metros de meus perseguidores, do lado oposto da estrutura.

Desci no musgo macio de forma fácil e sem problemas, e, virando-me, vi meus inimigos alinharem-se ao longo da parede adiante. Alguns me inspecionavam com expressões que, posteriormente, descobri serem de extrema surpresa, e os outros estavam evidentemente satisfeitos por eu não ter molestado sua prole.

Estavam conversando em tom baixo, gesticulando e apontando em minha direção. Sua descoberta de que eu não havia machucado os pequenos marcianos e que estava desarmado deve ter feito com que me encarassem com menos ferocidade. Mas, como descobri depois, o que mais pesou a meu favor foi a demonstração de minhas habilidades em saltar obstáculos.

Embora os marcianos sejam imensos, seus ossos são muito grandes e sua musculatura é desenvolvida apenas na proporção da gravidade que devem suportar. O resultado é que eles são infinitamente menos ágeis e menos poderosos, em proporção a seu peso, do que um homem terrestre, e duvido que qualquer um deles, caso fosse de repente transportado para a Terra, conseguisse erguer o próprio peso do chão – de fato, estou convencido de que seriam incapazes de fazê-lo.

Meu feito era tão maravilhoso em Marte como o teria sido na Terra e, assim, abandonando o desejo de me aniquilar, passaram a me encarar como uma magnífica descoberta a ser capturada e exibida entre seus companheiros.

A vantagem que minha inesperada agilidade me proporcionou permitiu que eu formulasse planos para o futuro imediato e que notasse com mais atenção a aparência dos guerreiros, pois em minha mente não pude desassociar essa gente dos guerreiros que, apenas um dia antes, haviam me perseguido.

Notei que cada um deles estava armado com várias outras armas além da enorme lança que descrevi. A arma que fez com que me decidisse contra uma tentativa de fuga por voo foi a que evidentemente correspondia a algum tipo de rifle e em cujo manuseio senti, por alguma razão, serem eles bastante eficientes.

Esses rifles eram de um metal branco com coronha de madeira que, aprendi mais tarde, vinha de uma planta muito leve e imensamente dura, muito apreciada em Marte e completamente desconhecida para nós, habitantes da Terra. O metal do cano era uma liga composta principalmente de alumínio e aço, que aprenderam a temperar até atingir uma dureza que excede em muito a dureza do aço com que estamos familiarizados. O peso desses rifles é comparativamente leve e, com os projéteis explosivos de rádio de baixo calibre que utilizam – e o grande comprimento do cano –, são extremamente mortais a distâncias que seriam inconcebíveis na Terra. O raio de alcance teórico efetivo desse rifle é de quase quinhentos metros, mas o melhor que podem realmente fazer em serviço quando equipados com seus localizadores sem fio e miras é pouco mais de trezentos metros.

Isso foi mais do que suficiente para me imbuir de grande respeito pelas armas de fogo marcianas, e alguma força telepática deve ter me advertido contra uma tentativa de fuga em plena luz do dia bem debaixo dos focinhos de vinte dessas máquinas da morte.

Os marcianos, depois de conversarem por algum tempo, viraram-se e partiram na direção de onde tinham vindo, deixando um de seus homens sozinho ao lado da construção. Quando já haviam se afastado cerca de duzentos metros, se detiveram e, virando suas montarias em nossa direção, sentaram-se e ficaram observando o guerreiro parado ao lado da construção.

O guerreiro em questão era aquele cuja lança quase havia me perfurado e era evidentemente o líder do grupo, já que notei que eles pareceram ter tomado suas posições atuais segundo suas ordens. Quando sua brigada estancou, ele desmontou, jogou sua lança ao chão, baixou seus braços pequenos e deu a volta na extremidade da incubadora vindo em minha direção, completamente desarmado e tão desnudo quanto eu, com exceção dos ornamentos amarrados em sua cabeça, membros e peito.

Quando estava a cerca de quinze metros de mim, ele retirou um enorme bracelete de metal e, segurando-o em minha direção na palma aberta de sua mão, dirigiu-se a mim com uma voz clara e ressonante, mas em um idioma que, desnecessário dizer, não pude entender. Ele permaneceu parado como que esperando uma resposta, estirando suas orelhas em forma de antenas e mantendo seus olhos de aparência estranha fixos na minha direção.

Como o silêncio se tornou incômodo, decidi arriscar um pouco de conversa de minha parte, já que acreditei que ele estivesse fazendo uma proposta de paz. O baixar de suas armas e a retirada de sua tropa antes de seu avanço em minha direção teriam significado uma missão pacífica em qualquer lugar na Terra, então, por que não em Marte?

Colocando minha mão sobre meu coração, fiz uma reverência ao marciano e expliquei que, embora não tivesse entendido seu idioma, suas ações demonstravam a paz e amizade que, no momento atual, me eram mais caras ao coração. Claro que daria no mesmo se eu fosse um riacho murmurante, dado o entendimento que meu discurso causou na criatura, mas ele compreendeu a ação que imediatamente se seguiu às minhas palavras.

Esticando minha mão em sua direção, avancei e tomei o bracelete de sua palma aberta, prendendo-o sobre meu braço acima do cotovelo. Sorri para ele e fiquei esperando. Sua boca larga estendeu-se em um sorriso de resposta e, prendendo um de seus braços intermediários no meu, ele se virou e dirigiu-se para sua montaria. Ao mesmo tempo, gesticulou aos seus seguidores para que avançassem. Eles começaram a caminhar em nossa direção em uma corrida selvagem, mas foram detidos por um sinal dele. Evidentemente ele temeu que eu, caso me assustasse novamente, desta vez saltasse totalmente para fora de seu alcance.

Ele trocou algumas palavras com seus homens, gesticulou para mim que montasse na garupa de um deles e, em seguida, montou em seu animal. O indivíduo escolhido baixou duas ou três mãos e me colocou atrás de si, na lustrosa traseira de sua montaria, onde me segurei da melhor forma possível pelas faixas e correias que prendiam as armas e os ornamentos do marciano.

Assim, toda a procissão se virou e galopou na direção da cadeia de colinas ao longe.

CAPÍTULO IV

Um prisioneiro

Havíamos percorrido talvez dez milhas quando o terreno começou a se elevar de forma muito rápida. Nós estávamos, como vim a saber depois, nos aproximando da margem de um dos mares de Marte, todos mortos havia muito tempo, no fundo do qual ocorreu meu encontro com os marcianos.

Em pouco tempo chegamos ao sopé das montanhas e, depois de atravessar uma estreita ravina, saímos em um vale aberto, na extremidade remota do qual havia um planalto, de onde contemplei uma enorme cidade. Galopamos em sua direção, entrando no que parecia ser uma estrada abandonada que levava para fora da cidade, mas que chegava apenas até a borda do planalto, onde acabava abruptamente em um lance de escada de degraus amplos.

Mediante atenta observação notei, conforme passava pelos edifícios, que eles estavam desertos e, embora não estivessem muito deteriorados, pareciam não ser ocupados há anos, possivelmente há eras. Na direção do centro da cidade havia uma grande praça, onde nela e nos edifícios imediatamente ao seu redor estavam acampadas algo em torno de novecentas a mil criaturas da mesma raça de meus captores, pois assim passara a considerá-los, apesar da maneira suave como fui aprisionado.

Com exceção de seus ornamentos, todos estavam nus. As mulheres tinham uma aparência pouco diferente da dos homens, exceto pelo fato de que suas presas eram muito maiores em relação à sua altura, em alguns casos curvando--se quase até as orelhas posicionadas no alto da cabeça. Os corpos eram menores e mais claros, e os dedos de seus pés ostentavam unhas rudimentares, totalmente ausentes entre os machos. A altura das fêmeas adultas variava entre três metros e três metros e meio.

As crianças eram de cor mais clara, mais clara até do que as mulheres, e todas pareciam idênticas a meus olhos, a não ser pelo fato de que algumas eram mais altas do que outras. Por serem mais velhas, presumi.

Não vi sinais de idade avançada entre eles, nem havia nenhuma diferença notável em sua aparência desde a maturidade, cerca de quarenta anos, até aproximadamente os mil anos, quando voluntariamente partem para sua última e estranha peregrinação até o Rio Iss, o qual nenhum marciano vivo sabe aonde vai e de onde nenhum marciano jamais voltou; caso retornasse depois de embarcar uma vez em suas frias e escuras águas, não teria permissão para viver.

Estima-se que apenas um marciano em mil morra de doença ou enfermidade e que por volta de vinte façam a peregrinação voluntária. Os outros novecentos e setenta e nove morrem de forma violenta em duelos, caçadas, na aviação e na guerra. Mas, de longe, talvez a maior perda de vidas ocorra durante a infância, quando um vasto número de pequenos marcianos cai vítima dos grandes macacos albinos de Marte.

A expectativa média de vida de um marciano após a idade madura é de cerca de trezentos anos, mas esse número seria próximo da marca dos mil anos, não fossem os vários caminhos que levam a uma morte violenta. Devido aos escassos recursos do planeta, evidentemente tornou-se necessário contrabalançar a crescente longevidade decorrente de suas notáveis habilidades em medicina e cirurgia, de modo que a vida humana em Marte passou a ser considerada de forma leviana, como evidenciado por seus perigosos esportes e guerras quase contínuas entre as diversas comunidades.

Há outras causas naturais que contribuem para a tendência de diminuição da população, mas nada colabora de forma mais intensa para esse fim do que o fato de nunca um marciano, macho ou fêmea, estar voluntariamente desprovido de uma arma de destruição.

Ao nos aproximarmos da praça e minha presença ser descoberta, fomos imediatamente rodeados por centenas de criaturas que pareciam ansiosas em me puxar de meu assento atrás de meu guarda. Uma palavra do líder do grupo calou seu clamor e trotamos através da praça até a entrada do edifício mais magnífico que olhos mortais já puderam vislumbrar.

O edifício era baixo, mas cobria uma enorme área. Havia sido construído em mármore branco reluzente, incrustado com pedras douradas e brilhantes que ofuscavam e cintilavam sob a luz do sol. A entrada principal tinha cerca de trinta metros de largura e projetava-se do edifício formando uma enorme abóbada sobre o saguão de entrada. Não havia escadarias; somente uma leve rampa para o primeiro andar do edifício se abria para uma enorme câmara rodeada por galerias.

No piso dessa câmara, repleta de mesas e cadeiras altamente trabalhadas, estavam reunidos cerca de quarenta ou cinquenta marcianos machos ao redor dos degraus de uma tribuna. Na plataforma, perfeitamente agachado, encontrava-se um enorme guerreiro pesadamente carregado com paramentos metálicos, penas de cores alegres e adornos belamente elaborados em couro e engenhosamente cravejados de pedras preciosas. De seus ombros pendia uma elegante capa curta de pele branca revestida com seda escarlate brilhante.

O que mais me impressionou em relação à assembleia e ao saguão no qual estavam reunidos foi o fato de as criaturas serem totalmente desproporcionais em relação às mesas, cadeiras e outros móveis, que possuíam um tamanho adequado ao de seres humanos como eu; em contrapartida, a grande quantidade de marcianos mal permitia que eles se espremessem nas cadeiras nem deixava espaço para suas longas pernas sob as mesas. Assim, ficou evidente que havia mais cidadãos em Marte além das selvagens e grotescas criaturas nas mãos das quais eu havia caído, mas as provas de extrema antiguidade exibidas em toda a minha volta indicavam que essas construções deviam ter pertencido a alguma raça havia muito extinta e esquecida na vaga antiguidade de Marte.

Nosso grupo tinha parado na entrada do edifício e, a um sinal do líder, fui colocado no chão. Novamente travando seu braço no meu, seguimos para a câmara de audiências. Havia algumas formalidades a serem observadas ao abordar seu superior. Meu captor caminhou a passos largos na direção da tribuna, e os outros se afastaram para que ele avançasse. O líder principal se levantou e pronunciou o nome de meu acompanhante que, por sua vez, parou e repetiu o nome do governante, seguido por seu título.

Naquele momento, essa cerimônia e as palavras proferidas nada significavam para mim, mas posteriormente vim a saber que essa era a saudação costumeira entre marcianos verdes. Caso fossem estranhos entre si e, portanto, incapazes de se saudar, teriam trocado presentes silenciosamente se suas missões fossem de paz – do contrário, teriam trocado tiros ou terminado as apresentações com alguma outra de suas diversas armas.

Meu captor, cujo nome era Tars Tarkas, era virtualmente o vice-líder da comunidade e um homem de grandes habilidades como estadista e guerreiro. Evidentemente, ele explicou em poucas palavras os incidentes ligados à sua expedição, incluindo minha captura, e, quando terminou, seu líder dedicou alguma atenção a mim.

Respondi em nosso bom e velho inglês apenas para convencê-lo de que nenhum de nós poderia entender o outro, mas notei que, quando sorri levemente durante a conclusão, ele fez o mesmo. Esse episódio e a ocorrência de um feito similar durante minha primeira conversa com Tars Tarkas convenceram-me de que ao menos tínhamos alguma coisa em comum: a capacidade de sorrir. Mas eu aprenderia que o sorriso marciano é meramente mecânico e que a risada marciana é algo que faz com que homens fortes fiquem brancos de terror.

A ideia de humor entre os homens verdes de Marte é amplamente divergente de nossas concepções do que estimula a alegria. A agonia da morte de um outro ser provoca, para essas estranhas criaturas, a mais louca hilaridade, enquanto a principal forma da mais simples diversão é matar seus prisioneiros de guerra de formas diversas e horripilantes.

Os guerreiros reunidos examinaram-me com atenção, sentindo meus músculos e a textura de minha pele. Então o principal líder evidentemente expressou o desejo de ver minha apresentação e, gesticulando para que eu o seguisse, entrou com Tars Tarkas na praça a céu aberto.

Até agora, eu não havia feito nenhuma tentativa de caminhar, desde meu primeiro sinal de fracasso, exceto ao agarrar firmemente o braço de Tars Tarkas, de forma que agora ia pulando e esvoaçando entre as mesas e cadeiras como um gafanhoto monstruoso. Depois de me machucar seriamente, para grande diversão dos marcianos, novamente recorri ao engatinhar, mas isso não estava de acordo com seus planos, pois fui rudemente colocado em pé por um sujeito enorme que riu de minha desgraça com o mais puro entusiasmo.

Ao me colocar em pé violentamente, seu rosto se inclinou próximo ao meu e fiz a única coisa que um cavalheiro pode fazer sob circunstâncias de brutalidade, grosseria e falta de consideração para com os direitos de um estranho. Enfiei meu punho diretamente em sua mandíbula e ele caiu como um boi no abate. Enquanto ele caía ao chão, voltei minhas costas na direção da mesa mais próxima, esperando ser subjugado pela vingança de seus companheiros; estava, porém, determinado a proporcionar-lhes uma luta tão boa quanto possível, dadas as chances desiguais, antes de abrir mão da minha vida.

No entanto, meus medos eram infundados, pois outros marcianos, em princípio mudos de espanto, finalmente romperam em um selvagem estrondo de risadas e aplausos.

Não reconheci os aplausos como tal, mas, posteriormente, quando tomei conhecimento de seus costumes, aprendi que havia conquistado o que eles raramente concedem: uma manifestação de aprovação.

O sujeito que atingi permaneceu onde caiu e nenhum de seus companheiros se aproximou dele. Tars Tarkas avançou em minha direção, estendendo um de seus braços, e assim prosseguimos até a praça, sem mais contratempos. É claro que eu não conhecia a razão de termos saído para o exterior, mas logo vim a saber. Primeiro, eles repetiram a palavra "sak" inúmeras vezes, e então Tars Tarkas deu vários pulos, repetindo a mesma palavra antes de cada salto. Virando-se para mim, disse "sak"! Entendi o que queriam e, recompondo-me, "sakei" com tão impressionante sucesso que me afastei bons quarenta e cinco metros e, dessa vez, não perdi meu equilíbrio e pousei em pé sem cair. Então, voltei para o pequeno grupo de guerreiros com saltos fáceis, de sete ou oito metros.

Minha exibição foi testemunhada por várias centenas de marcianos comuns e eles imediatamente exigiram uma repetição, que o líder ordenou que eu fizesse. Mas eu estava com fome e sede e decidi naquela hora que minha única forma de salvação seria exigir consideração dessas criaturas que, evidentemente, não a concederiam de forma voluntária. Portanto, ignorei os repetidos comandos para "sakar" e, cada vez que eram pronunciados, gesticulava em direção à minha boca e esfregava meu estômago.

Tars Tarkas e o líder trocaram algumas palavras, e o último, chamando uma jovem fêmea entre a multidão, lhe passou algumas instruções e gesticulou para que eu a acompanhasse. Agarrei seu braço estendido e juntos cruzamos a praça em direção a um grande prédio no lado mais afastado.

Minha acompanhante tinha cerca de dois metros e meio de altura, tendo acabado de chegar à maturidade, mas ainda sem ter atingido o máximo de sua altura. Ela era de uma cor verde-oliva claro, com pele lisa e lustrosa. Seu nome, soube mais tarde, era Sola, e fazia parte da comitiva de Tars Tarkas. Ela me conduziu até uma espaçosa câmara em um dos edifícios na frente da praça, o que, pela confusão de sedas e peles sobre o chão, entendi ser o dormitório de vários nativos.

O quarto era bem iluminado por várias janelas amplas e estava belamente decorado com pinturas murais e mosaicos, mas sobre todos eles parecia repousar aquele indefinível toque de antiguidade que me convenceu de que os arquitetos e construtores dessas criações assombrosas nada tinham em comum com os rudes e brutos que agora os ocupavam.

Sola indicou que eu sentasse sobre uma pilha de sedas próxima ao centro da sala e, virando-se, fez um peculiar som sibilante, como se chamasse alguém no aposento ao lado. Em resposta ao seu sinal, tive minha primeira visão de uma nova maravilha marciana, que veio sacolejando sobre suas dez pernas curtas e se agachou diante da garota como um filhote obediente. A coisa tinha o tamanho de um pônei *shetland*, mas sua cabeça ostentava ligeira semelhança com a de um sapo, exceto por suas mandíbulas, equipadas com três fileiras de presas longas e afiadas.

CAPÍTULO V

Enganando meu cão de guarda

Sola encarou os olhos perversos do bruto, murmurou uma palavra ou duas de comando, apontou para mim e saiu do aposento. Tudo que pude fazer foi considerar o que aquela monstruosidade de aparência feroz poderia fazer quando deixado a sós com um pedaço relativamente tenro de carne. Mas meus medos não tinham fundamento, pois a fera, depois de me inspecionar de forma intensa por um momento, cruzou a sala até a única saída que levava à rua e deitou-se atravessado na soleira.

Essa foi minha primeira experiência com um cão de guarda marciano, mas não estava destinada a ser a última. Esse companheiro me protegeria cuidadosamente durante o tempo em que permaneceria cativo entre esses homens verdes; duas vezes salvou minha vida e nunca se afastou de mim voluntariamente por um momento sequer.

Enquanto Sola estava fora, aproveitei para examinar mais detalhadamente o quarto no qual estava preso. As pinturas nos murais retratavam cenas de rara e estonteante beleza. Montanhas, rios, lagos, oceanos, pradarias, árvores e flores, estradas serpenteantes, jardins beijados pelo sol – cenas que poderiam retratar paisagens terrestres, exceto pela cor da vegetação. O trabalho tinha evidentemente sido executado pela mão de um mestre, tão sutil era a atmosfera, tão perfeita a técnica. Ainda assim, em nenhum lugar havia a representação de um animal vivo, homem ou bicho, pela qual eu pudesse conjecturar a aparência desses outros e talvez extintos cidadãos de Marte.

Enquanto permitia que minha imaginação corresse desenfreada em loucas fantasias sobre a possível explicação para as estranhas anomalias que até agora tinha encontrado em Marte, Sola retornou com comida e bebida. Ela as depositou no chão ao meu lado e, sentando-se a uma curta distância, me encarou atentamente. A comida consistia em quase meio quilo de alguma substância sólida com consistência de queijo e sem muito gosto, enquanto o líquido era aparentemente leite de algum animal. Não era desagradável ao paladar, embora levemente ácido, e em pouco tempo aprendi a valorizá-lo enormemente. Ele provinha, como descobri mais tarde, não de um animal – uma vez que existia apenas um mamífero em Marte e esse mamífero era, sem dúvida, bastante raro –, mas de uma grande planta que cresce praticamente sem água, mas parece destilar seu abundante estoque de leite a partir dos produtos do solo, da umidade do ar e dos raios do sol. Uma única planta dessa espécie pode fornecer de oito a dez litros de leite por dia.

Depois de comer senti-me bastante revigorado, mas, sentindo a necessidade de descansar, me estirei sobre as sedas e logo dormi. Devo ter dormido várias horas, pois estava escuro quando acordei e sentia muito frio. Notei que alguém havia jogado uma pele sobre mim, mas ela estava parcialmente mal colocada e, no escuro, não consegui arrumá-la.

Subitamente, uma mão se esticou e puxou a coberta para cima de mim, adicionando outra logo em seguida.

Presumi que minha zelosa guardiã fosse Sola, e não estava errado. Apenas essa garota, entre todos os marcianos verdes com os quais tive contato, revelou características de simpatia, gentileza e afeição. Sua atenção às minhas necessidades físicas foi infalível e seu cuidado solícito me poupou muitos sofrimentos e provações.

Como eu aprenderia, as noites marcianas são extremamente frias e, como praticamente não há crepúsculo ou aurora, as mudanças de temperatura são súbitas e muito desconfortáveis, como as transições entre a luz do dia e a escuridão. As noites são iluminadas por uma luz brilhante ou são então muito escuras, pois, se nenhuma das duas luas de Marte calha de estar no céu, a escuridão resultante é quase total, já que a falta de atmosfera ou, melhor dizendo, a escassa atmosfera não consegue difundir a luz das estrelas de forma muito ampla. Por outro lado, se ambas as luas estão no céu à noite, a superfície do solo é vivamente iluminada.

As duas luas de Marte se encontram muito mais perto do planeta do que a nossa Lua está da Terra. A lua mais próxima está a cerca de oito mil quilômetros de distância, enquanto a mais afastada está a pouco mais de vinte e dois mil quilômetros de distância, em comparação aos mais de quatrocentos mil quilômetros que nos separam da nossa Lua. A lua mais próxima de Marte completa sua evolução ao redor do planeta em pouco mais de sete horas e meia, de forma que pode ser vista atravessando o céu como um gigantesco meteoro duas ou três vezes por noite, revelando todas as suas fases a cada passagem pelos céus.

A lua mais distante gira em torno de Marte em cerca de trinta e uma horas e quinze minutos, e, com seu satélite--irmão, torna a paisagem noturna uma cena de estranha e esplêndida grandeza. E é bom que a natureza tenha iluminado a noite marciana de forma tão graciosa e abundante, pois os homens verdes de Marte, sendo uma raça nômade sem grande desenvolvimento intelectual, possuem apenas meios primitivos de iluminação artificial, dependendo principalmente de tochas, um tipo de vela e uma lâmpada a óleo que gera gás e queima sem pavio.

Esse último dispositivo produz uma luz branca brilhante de longo alcance, mas, como o óleo natural exigido para alimentá-la só pode ser obtido através da mineração em um dos vários locais remotos e longínquos, ela é utilizada poucas vezes por essas criaturas cujo único pensamento é o hoje e cujo ódio ao trabalho manual os tem mantido em um estado semibárbaro por incontáveis eras.

Depois que Sola arrumou minhas cobertas, dormi novamente, acordando apenas quando já era dia. Os outros ocupantes do quarto, cinco no total, eram todos mulheres e ainda estavam dormindo, amontoadas com uma diversificada gama de sedas e peles. Atravessado na soleira, permanecia esticado o primitivo guardião insone, na mesma posição em que o havia visto no dia anterior. Aparentemente, ele não havia movido um músculo. Seus olhos estavam diretamente fixados em mim e comecei a me perguntar exatamente o que me aconteceria caso eu tentasse fugir.

Sempre estive propenso a buscar aventuras e a investigar e experimentar em situações que homens mais sábios teriam deixado ao acaso. Ocorria-me agora que a maneira mais certa de descobrir qual seria exatamente a atitude dessa fera em relação a mim era tentar sair do aposento. Estava bastante seguro em minha crença de que poderia escapar caso fosse perseguido pelo animal se estivesse fora do prédio, pois começava a ficar bastante orgulhoso de minhas habilidades como saltador. Além disso, pude deduzir, pelo comprimento diminuto de sua pernas, que o animal em questão não era um saltador e, provavelmente, nem corredor.

Assim, devagar e com cuidado, me coloquei em pé, apenas para ver se meu observador fazia o mesmo. Cautelosamente, avancei em sua direção, descobrindo que se me movesse em uma marcha arrastada seria capaz de conservar meu equilíbrio e fazer um progresso razoavelmente rápido. Conforme me aproximei do animal, ele cautelosamente se afastou de mim e, quando cheguei ao exterior, ele se moveu para o lado para permitir minha passagem. Ele então se postou atrás de mim e seguiu-me a uma distância de cerca de dez passos conforme eu avançava pela rua deserta.

Evidentemente sua missão era apenas me proteger, pensei; mas, quando atingi o limite da cidade, ele subitamente pulou à minha frente, produzindo sons estranhos e expondo suas horrendas e ferozes presas. Pensando em me divertir um pouco às suas custas, corri em sua direção e, quando estava quase em cima dele, saltei no ar, aterrissando muito além e afastando-me da cidade. Ele se virou e disparou em minha direção com a velocidade mais pavorosa que já vira. Havia pensado que suas pernas fossem um obstáculo para a rapidez, mas se ele estivesse correndo com galgos ingleses, esses últimos teriam parecido tão lentos quando um capacho. Como eu viria a saber, esse era o animal mais veloz de Marte e, por sua inteligência, lealdade e ferocidade, era usado na caça, na guerra e como protetor dos homens marcianos.

Rapidamente percebi que teria dificuldade em escapar das presas da fera em um percurso reto, de modo que respondi à sua disparada voltando por onde tinha vindo e saltando sobre ele quando estava quase me alcançando. Essa manobra me deu uma vantagem considerável e fui capaz de chegar à cidade bastante à sua frente. Como ele vinha uivando atrás de mim, pulei para uma janela a cerca de dez metros do chão na frente de um dos prédios com vista para o vale.

Agarrando o peitoril, me icei e sentei sem olhar para o interior do edifício, fitando o desconcertado animal abaixo de mim. Porém minha exultação foi curta. Mal havia me sentado em segurança sobre o peitoril quando uma mão enorme me agarrou por trás pelo pescoço e me arrastou violentamente para o interior da sala. Ali, fui jogado de costas e vi em pé à minha frente uma colossal criatura-macaco, branca e sem pelos, exceto por um enorme tufo de cabelos espetados no alto da cabeça.

CAPÍTULO VI

Uma luta que conquistou amigos

A coisa, que se parecia mais com o homem terrestre do que os marcianos que eu havia visto, me prendeu no chão com um pé gigante, enquanto matraqueava e gesticulava para alguma criatura que respondia atrás de mim. Esse outro, que evidentemente era seu companheiro, logo veio em nossa direção, segurando uma pesada clava de pedra com a qual evidentemente tencionava me partir a cabeça.

As criaturas mediam entre três e quatro metros de altura em posição ereta e tinham, como os marcianos verdes, um conjunto intermediário de braços ou pernas a meio caminho entre seus membros superiores e inferiores. Seus olhos eram bem juntos e não protuberantes, suas orelhas ficavam no alto da cabeça, enquanto seus focinhos e dentes eram assombrosamente parecidos com os de nossos gorilas africanos. No geral, eles não eram desagradáveis quando observados em comparação aos marcianos verdes.

A clava balançou em um arco que acabou se completando sobre meu rosto enquanto eu olhava para cima. Foi quando um raio de horror cheio de pernas se jogou através da porta com carga total sobre o peito de meu executor. Com um guincho de medo, o macaco que me segurava saltou pela janela aberta, mas seu companheiro entrou em uma intensa luta mortal com meu protetor, que não era nada menos do que minha fiel coisa de guarda. Não conseguia me obrigar a chamar uma criatura tão hedionda de cachorro.

Fiquei em pé o mais rápido que consegui e, apoiando-me contra a parede, testemunhei uma batalha que poucos seres tiveram a oportunidade de presenciar. A força, a agilidade e a ferocidade cega dessas duas criaturas não têm paralelos conhecidos na Terra. Minha fera levou vantagem em sua primeira investida, enterrando profundamente suas poderosas presas no peito de seu adversário; mas os grandes braços e patas do macaco, aliados a músculos que transcendem em muito os dos homens marcianos que havia visto, haviam agarrado a garganta de meu guardião e lentamente o sufocavam, dobrando para trás sua cabeça e pescoço sobre o corpo. Por um momento, esperei ver o primeiro cair sem forças com o pescoço quebrado.

Com isso, o macaco estava despedaçando toda a parte frontal de seu peito, preso no aperto de alicate das poderosas mandíbulas. Para a frente e para trás os dois rolavam no chão, nenhum deles emitindo um som de medo ou de dor. Naquele momento vi os olhos de minha fera saltarem totalmente para fora de suas órbitas e o sangue fluir de suas narinas. Era evidente que ele estava perdendo as forças, mas o mesmo ocorria com o macaco, cujos esforços momentaneamente diminuíram.

Subitamente voltei a mim e, com o estranho instinto que sempre parece me chamar ao dever, agarrei a clava e, brandindo-a com todas as forças de meus braços humanos, golpeei em cheio a cabeça do macaco, esmagando seu crânio como se fosse a casca de um ovo.

Mal acabara de desferir o golpe, fui confrontado por um novo perigo. O companheiro do macaco, recuperado de seu primeiro choque de terror, havia voltado à cena do embate por dentro do edifício. Eu o vislumbrei um pouco antes de ele atingir a porta e devo confessar que sua visão, agora rugindo ao perceber seu companheiro sem vida estirado no chão, e espumando pela boca, no auge da fúria, me encheu de terríveis pressentimentos.

Sempre estou disposto a ficar e lutar quando as chances não estão esmagadoramente contra mim, mas nesse caso não antecipei nem glória nem lucro em empregar minha relativamente insignificante força contra os músculos de aço e a ferocidade brutal desse enfurecido habitante de um planeta desconhecido. Na realidade, o único resultado de um encontro como esse, até onde eu podia prever, parecia ser minha morte súbita.

Eu estava em pé perto da janela e sabia que, uma vez na rua, poderia ganhar a praça e a segurança antes que a criatura conseguisse me dominar. Ao menos havia uma chance de segurança na fuga contra a morte quase certa caso eu ficasse e lutasse, não importando com que desespero.

É verdade que eu segurava a clava, mas que serventia ela teria contra quatro enormes braços? Mesmo que eu conseguisse quebrar um deles com meu primeiro golpe, pois imaginei que o macaco tentaria repelir o bastão, ele poderia me alcançar e aniquilar com os outros antes que eu me recuperasse para desferir um segundo ataque.

No instante em que esses pensamentos me passaram pela cabeça eu havia me virado para alcançar a janela, mas a visão da forma de meu outrora guardião fez sumirem no ar todos os pensamentos de fuga. Ele estava deitado, arfando sobre o piso do aposento com seus grandes olhos fincados em mim no que parecia ser um lamentável apelo por proteção. Eu não seria capaz de suportar aquele olhar nem, pensando bem, abandonar meu salvador sem ao menos lutar por ele tanto quanto ele havia lutado por mim.

Sem mais demora, portanto, me virei para enfrentar o ataque do enfurecido macaco macho. Ele agora estava muito perto de mim para que a clava tivesse qualquer utilidade efetiva; portanto, simplesmente joguei-a com a maior força possível contra seu corpanzil que avançava. O instrumento o atingiu logo abaixo dos joelhos, produzindo um uivo de dor e fúria; assim, ele se desequilibrou e lançou-se sobre mim com toda a força, com os braços completamente abertos para amortecer sua queda.

Novamente, como no dia anterior, recorri a táticas terrestres e, golpeando meu punho direito com toda a força contra seu queixo, enfiei um golpe de esquerda no fundo de seu estômago. O efeito foi maravilhoso. Depois de dar um pequeno passo para o lado, após o segundo golpe, ele se ajoelhou e caiu no chão, nocauteado pela dor e resfolegando. Saltando sobre seu corpo prostrado, apanhei a clava e dei cabo do monstro antes que pudesse se levantar.

Quando eu desferia o golpe, uma risada baixa soou atrás de mim e, virando-me, vi Tars Tarkas, Sola e outros três ou quatro em pé na porta do aposento. Quando meus olhos encontraram os deles fui, pela segunda vez, o destinatário de seus aplausos, reservados com tanto zelo.

Minha ausência havia sido notada por Sola ao acordar e ela rapidamente informou a Tars Tarkas, que imediatamente saiu à minha procura com um punhado de guerreiros. Ao se aproximarem dos limites da cidade, testemunharam as ações do macaco macho quando este disparou na direção do edifício, espumando de raiva.

Eles o seguiram prontamente, pensando ser pouco provável que suas ações pudessem ser uma pista de meu paradeiro, e assistiram a nossa breve porém decisiva batalha. Esse combate, juntamente com meu ajuste de contas com o guerreiro marciano no dia anterior e meus feitos na arte do salto, colocou-me em uma posição privilegiada a seus olhos. Evidentemente desprovidos de todos os nobres sentimentos de amizade, amor ou afeto, essas pessoas veneram com fervor a destreza física e a bravura, e nada é bom o bastante para o objeto de sua adoração, contanto que mantenha sua posição por meio de repetidos exemplos de perícia, força e coragem.

Sola, que havia acompanhado o grupo de buscas por vontade própria, foi a única entre os marcianos cuja face não havia se contorcido em risadas enquanto eu lutava por minha vida. Ela, ao contrário, manteve-se séria com aparente solicitude e, assim que dei cabo do monstro, correu para mim e cuidadosamente examinou meu corpo à procura de possíveis ferimentos ou machucados. Satisfeita por eu ter saído ileso, sorriu silenciosamente e, pegando em minha mão, começou a caminhar na direção da porta do aposento.

Tars Tarkas e os outros guerreiros haviam entrado e estavam parados diante da fera – agora rapidamente recuperada – que havia salvado minha vida e cuja vida eu, em troca, havia salvado. Eles pareciam perdidos em uma discussão e, finalmente, um deles dirigiu-se a mim; mas, lembrando meu desconhecimento de sua língua, voltou-se novamente para Tars Tarkas que, com uma palavra e um gesto, deu alguma ordem ao companheiro e se virou para nos seguir para fora.

Havia algo de ameaçador em suas atitudes para com a minha fera e hesitei em sair até saber do resultado. Foi uma ideia muito boa, pois o guerreiro sacou uma pistola de aparência demoníaca de seu coldre e estava a ponto de dar fim à criatura quando saltei para a frente e ergui seu braço. A bala atingiu o batente de madeira da janela e explodiu, atravessando por completo a madeira e a alvenaria.

Então, me ajoelhei ao lado daquele ser de aspecto temível e, colocando-o em pé, gesticulei para que me seguisse. Os olhares de surpresa que minhas ações provocaram nos marcianos foram absurdos. Eles eram incapazes de entender, exceto de uma maneira débil e infantil, atributos como gratidão e compaixão. O guerreiro cuja arma eu havia empurrado lançou um olhar inquisitivo para Tars Tarkas, mas este último gesticulou para que eu fosse deixado em paz. Assim, voltamos para a praça, com minha grande fera seguindo meus passos e Sola me segurando firmemente pelo braço.

Agora eu tinha pelo menos dois amigos em Marte; uma jovem mulher que cuidava de mim com solicitude maternal e uma fera muda que, como mais tarde viria a saber, carregava em sua feia e pobre carcaça mais amor, mais lealdade e mais gratidão do que se poderia encontrar em toda a população de cinco milhões de marcianos verdes que vagavam pelas cidades desertas e pelos leitos dos mares mortos de Marte.

CAPÍTULO VII

Criando Filhos em Marte

Após um café da manhã que foi uma réplica exata da refeição do dia anterior, e um indício de praticamente toda refeição que se seguiu enquanto estive com os homens verdes de Marte, Sola me acompanhou até a praça, onde encontrei a comunidade engajada em cuidar ou ajudar a atar as enormes feras mastodônticas às grandes carruagens de três rodas. Havia cerca de duzentos e cinquenta desses veículos, cada qual puxado por um único animal, sendo que qualquer um deles, pela aparência, poderia facilmente puxar todo o comboio, mesmo que totalmente carregado.

As carruagens eram grandes, confortáveis e ricamente decoradas. Em cada uma estava sentada uma fêmea marciana carregada de ornamentos de metal, com joias, sedas e peles. Sobre o dorso de cada uma das bestas que puxavam as carruagens ficava empoleirado um jovem condutor marciano. Como os animais sobre os quais os guerreiros estavam montados, os pesados animais de carga não utilizavam cabresto ou sela, pois eram totalmente guiados por meios telepáticos.

Esse poder é maravilhosamente desenvolvido em todos os marcianos, sendo responsável em grande parte pela simplicidade de seu idioma e pelas relativamente poucas palavras trocadas, mesmo em longas conversas. É a linguagem universal de Marte, por meio da qual as formas de vida mais e menos desenvolvidas desse mundo de paradoxos são capazes de se comunicar em um grau maior ou menor, dependendo da esfera intelectual das espécies e do desenvolvimento do indivíduo.

Conforme a procissão assumia a linha de marcha em uma fila única, Sola me arrastou para uma das carruagens vazias e acompanhamos a procissão na direção do ponto através do qual eu havia entrado na cidade no dia anterior. Na cabeceira da caravana cavalgavam em torno de duzentos guerreiros, cinco de cada lado, e um número semelhante acompanhava a traseira, enquanto vinte e cinco ou trinta batedores nos flanqueavam em ambos os lados.

Todos, homens, mulheres e crianças – menos eu –, estavam pesadamente armados, e na traseira de cada carruagem trotava um cão de caça marciano, minha própria fera seguindo de perto a nossa. Na verdade, a fiel criatura nunca me abandonou voluntariamente durante os dez anos em que estive em Marte. Nosso caminho passava através do pequeno vale antes da cidade e pelas colinas até o fundo do mar morto, que havia cruzado em minha jornada da incubadora até a praça. A incubadora, como ficou provado, era o ponto final de nossa jornada nesse dia e, como toda a procissão disparou em um galope enlouquecido assim que atingiu o espaço plano do fundo do mar, logo nosso objetivo estava ao alcance da visão.

Ao atingir seu destino, as carruagens foram estacionadas com precisão militar nos quatro lados da estrutura, e metade dos guerreiros, comandados pelo enorme líder, desmontou e avançou em sua direção. Pude ver Tars Tarkas explicando algo para o líder principal, cujo nome, aliás, era, até onde pude traduzir para o inglês, Lorquas Ptomel, jed; jed era seu título.

Logo fui informado sobre o objeto de sua conversa já que, chamando Sola, Tars Tarkas gesticulou para que ela me levasse até ele. Nessa ocasião, eu já havia dominado as dificuldades de andar sob condições marcianas e, respondendo rapidamente ao seu comando, avancei para o lado da incubadora no qual estavam os guerreiros.

Ao chegar ali, um breve olhar mostrou-me que todos os ovos, exceto alguns poucos, haviam chocado, e a incubadora estava realmente cheia com os pequenos e horrendos demônios. Sua altura variava entre noventa e cento e vinte centímetros, e se moviam sem descanso pela estrutura como que procurando comida.

Quando parei à sua frente, Tars Tarkas apontou para a incubadora e disse "sak". Vi que ele queria que eu repetisse minha apresentação do dia anterior para instrução de Lorquas Ptomel e, já que devo confessar que minha proeza me proporcionou um bocado de satisfação, atendi rapidamente, saltando sobre as carruagens estacionadas no lado mais afastado da incubadora. Quando retornei, Lorquas Ptomel rosnou algo em minha direção e, voltando-se para seus guerreiros, emitiu algumas palavras de comando relativas à incubadora. Eles não prestaram mais atenção em mim e obtive permissão para permanecer perto e assistir às suas operações, que consistiam em produzir uma abertura na parede da incubadora grande o suficiente para permitir a saída das crias marcianas.

Em ambos os lados dessa abertura as mulheres e os marcianos mais jovens, fêmeas e machos, formavam duas filas, sólidas como paredes, que passavam por entre as carruagens e cobriam grande parte da planície. Os pequenos marcianos, selvagens como gazelas, corriam entre essas filas seguindo por toda a extensão do corredor, onde eram capturados um por vez pelas mulheres e crianças mais velhas. O último da fila apanhava o primeiro pequeno a atingir o final da passagem; quem estivesse à sua frente capturava o segundo e assim por diante, até que todas as pequenas criaturas tivessem saído da incubadora e sido pegas por algum jovem ou fêmea. Conforme pegavam as crianças, as fêmeas saíam da fila e voltavam para suas respectivas carruagens, ao passo que aqueles que caíam nas mãos dos homens jovens eram posteriormente entregues a alguma mulher.

Eu vi que a cerimônia, se é que poderia ser digna desse nome, estava acabada e, procurando por Sola, encontrei-a em nossa carruagem com uma criaturinha horrenda apertada em seus braços.

O trabalho de criar jovens marcianos verdes consiste apenas em ensiná-los a falar e a utilizar as armas de guerra que lhes são entregues desde o primeiro ano de vida. Saídos dos ovos nos quais repousaram por cinco anos, seu período de incubação, davam o primeiro passo no mundo perfeitamente desenvolvidos, exceto pelo tamanho. Não conheceriam suas mães, que, por sua vez, teriam dificuldade em apontar os pais com algum grau de precisão; eles são as crianças da comunidade e sua educação recai sobre as fêmeas que por acaso os capturam conforme saem da incubadora.

Suas mães adotivas não podem sequer ter um ovo na incubadora, como era o caso de Sola – que ainda não havia começado a botar –, até pelo menos um ano antes de se tornar a mãe da prole de outra mulher. Mas isso pouco conta entre os marcianos verdes, já que amor entre pais e filhos lhes é tão desconhecido quanto é comum entre nós. Acredito que esse horrível sistema, que vem sendo levado adiante há eras, é a causa direta da perda de todos os sentimentos refinados e dos instintos humanitários superiores entre essas pobres criaturas. Desde o nascimento, não conhecem o amor paternal ou maternal, não sabem o significado da palavra "lar". São ensinados que deverão suportar o sofrimento da vida até que possam demonstrar, por meio de seu físico e de sua ferocidade, que estão aptos a sobreviver. Ao se mostrarem deformados ou imperfeitos em qualquer instância, são imediatamente eliminados. E não devem derramar sequer uma lágrima pelas cruéis provações às quais serão submetidos desde a mais tenra infância.

Não estou querendo dizer que os marcianos adultos sejam desnecessária ou intencionalmente cruéis com os mais jovens, mas, em sua dura e impiedosa luta pela sobrevivência neste planeta em curso de morte, os recursos naturais se reduziram a tal ponto que manter qualquer vida adicional significa um tributo a mais à comunidade que a sustenta.

Por meio de seleção cuidadosa, dão suporte apenas aos espécimes mais preparados de cada espécie e, com previsão quase sobrenatural, regulam a taxa de nascimentos para apenas contrabalançar as mortes.

Cada fêmea adulta marciana deposita cerca de treze ovos por ano. Aqueles que atingem certo tamanho e peso e sejam aprovados em testes específicos de gravidade são escondidos nos recônditos de alguma gruta subterrânea onde a temperatura é baixa demais para a incubação. Todo ano esses ovos são cuidadosamente examinados por um conselho de vinte líderes, e todos, exceto cem dos mais perfeitos, são destruídos entre a produção de um ano inteiro. Ao final de cinco anos, terão sido escolhidos quinhentos ovos dos mais perfeitos entre os milhares que foram botados. Estes, então, são colocados em incubadoras praticamente a vácuo para serem chocados pelos raios do sol durante outros cinco anos. A eclosão que testemunhamos hoje foi um bom exemplo desse evento. Menos de um por cento dos ovos eclode no espaço de dois dias. Se os ovos atrasados eclodiram, nada se sabe do destino desses pequenos. Eles não são queridos porque seus descendentes podem herdar e transmitir a tendência à incubação prolongada e, assim, desorganizar o sistema que tem se mantido por eras, permitindo que os marcianos adultos calculem o tempo adequado para retornarem às incubadoras com precisão de horas.

As incubadoras são construídas nos mais remotos rincões, onde há pouca ou nenhuma chance de serem descobertas por outras tribos. O resultado de tal catástrofe significaria a ausência de crianças na comunidade por outros cinco anos. Posteriormente eu presenciaria os resultados da descoberta de uma incubadora alheia.

A comunidade dos marcianos verdes da qual meu grupo fazia parte era composta por trinta mil almas. Eles cruzaram uma imensa extensão de terras áridas e semiáridas, entre as latitudes oitenta e quarenta graus Sul, e se dirigiram para Leste e Oeste por dois outros enormes terrenos cultivados. Seu quartel-general repousa no canto sudoeste dessa região, próximo ao cruzamento de dois dos chamados canais marcianos.

Como a incubadora fica localizada no longínquo norte de seu próprio território, em uma área supostamente desabitada e erma, tínhamos à nossa frente uma tremenda jornada da qual eu, obviamente, não fazia a menor ideia.

Após nosso retorno à cidade-fantasma, passei vários dias relativamente ocioso. No dia seguinte ao nosso retorno, todos os guerreiros haviam cavalgado para longe e ainda não tinham voltado até pouco antes do cair da noite. Como depois aprendi, eles haviam ido às grutas subterrâneas onde eram guardados os ovos e os haviam transportado para a incubadora – a qual eles novamente lacraram com novas paredes por outros cinco anos e que, com bastante probabilidade, não seriam visitadas novamente durante esse período.

As grutas nas quais escondiam os ovos até que estivessem prontos para incubação estavam localizadas muitos quilômetros ao sul da incubadora e seriam visitadas anualmente pelo conselho de vinte líderes. O porquê de não construírem suas grutas e incubadoras perto de suas cidades sempre foi um mistério para mim e, como muitos outros mistérios marcianos, continuará sem resposta para os costumes e o raciocínio terráqueos.

As tarefas de Sola agora haviam dobrado, uma vez que estava encarregada de cuidar do jovem marciano e de mim, mas nenhum de nós requeria muita atenção. Ambos estávamos praticamente no mesmo nivel de educaçao quanto aos costumes marcianos e Sola ficou responsável por treinar os dois juntos.

Seu prêmio consistia em um macho muito forte e fisicamente perfeito, com cerca de um metro e trinta de altura. Ele também aprendia rápido e nos divertimos consideravelmente – pelo menos eu, sim – com a rivalidade entre irmãos que demonstrávamos. A linguagem marciana, como já citei, é extremamente simples e em uma semana eu podia comunicar todas as minhas necessidades e entender praticamente tudo o que diziam para mim. Da mesma forma, sob a tutela de Sola, desenvolvi poderes telepáticos que me permitiam sentir praticamente tudo o que ocorria ao meu redor.

O que mais surpreendeu Sola foi que, enquanto eu podia captar facilmente as mensagens de outros – algumas, até, que nem eram endereçadas a mim –, ninguém podia ouvir um pio de minha mente sob quaisquer circunstâncias. A princípio, isso me atormentou, mas depois fiquei muito feliz, porque me dava uma indubitável vantagem sobre os marcianos.

CAPÍTULO VIII

Uma bela cativa vinda do céu

No terceiro dia após a cerimônia da incubadora, nos colocamos a caminho de casa, mas, mal a ponta do cortejo havia desembocado no campo aberto diante da cidade, foram dadas ordens para um retorno imediato. Mesmo treinados por anos através dessa evolução singular, os marcianos verdes derreteram como bruma nas amplas passagens perto dos edifícios até que, em menos de três minutos, toda a caravana de carruagens, mastodontes e guerreiros montados havia sumido de vista.

Sola e eu entramos em um edifício na frente da cidade. Na verdade, era o mesmo no qual eu havia tido meu encontro com os macacos e, desejando entender o que causara tão repentina retirada, subi a um andar mais alto e espreitei pela janela o vale e as colinas à frente. E então vi a causa de sua pressa em se esconder. Uma grande embarcação longa, próxima ao solo e pintada de cinza, balançava sobre o topo da colina mais próxima. Seguindo-a, vinha outra, e outra, e outra, até que vinte delas, guinando baixo sobre o solo, navegavam vagarosa e majestosamente em nossa direção.

Cada uma trazia uma estranha bandeira tremulando da roda da proa à popa, acima das estruturas do convés, e sobre a proa de cada uma delas estava pintado um bizarro desenho que brilhava sob a luz do sol e podia ser visto com bastante clareza na distância que nos separava das embarcações. Eu podia ver figuras infestando os conveses posteriores e nas estruturas das naves. Não saberia dizer se eles nos haviam descoberto ou se apenas olhavam para a cidade deserta, mas, de qualquer maneira, tiveram uma recepção hostil. Repentinamente e sem aviso, os guerreiros verdes marcianos dispararam uma salva de artilharia das janelas dos edifícios que encaravam o pequeno vale através do qual os grandes navios avançavam pacificamente.

Instantaneamente a cena mudou, como que por mágica. A embarcação mais à frente pendeu de través em nossa direção e, ativando suas armas, retornou nosso fogo ao mesmo tempo em que se movia paralelamente à nossa dianteira por algum tempo, e então nos deu as costas na evidente intenção de completar um grande círculo que a traria novamente a uma posição mais avessa à nossa linha de fogo. As outras naves seguiram sua trilha, cada uma disparando sobre nós enquanto se punham em posição. Nosso próprio fogo não diminuiu, e creio que nem um quarto de nossos tiros erravam os alvos. Eu nunca havia visto mira tão precisa e mortal. Parecia que uma pequena figura nos navios caía a cada explosão de nossa munição, enquanto as bandeiras e as estruturas do convés se dissolviam em jatos flamejantes sob os projéteis inexoráveis de nossos guerreiros que as esfacelavam.

O fogo vindo dos navios era ineficiente, em virtude, depois vim a saber, da inesperada e repentina rajada inicial que pegou a tripulação da embarcação despreparada e os aparatos de mira das armas desprotegidos diante da precisão mortal de nossos guerreiros.

Parece que cada guerreiro verde tem certos pontos específicos para mirar seus disparos sob circunstâncias similares de combate. Por exemplo, parte deles, sempre os melhores atiradores de elite, concentram seu fogo inteiramente nos localizadores sem fio ou nos dispositivos de mira das grandes armas de uma força naval hostil; outros atiradores dedicam-se aos oponentes com armas menores; outros escolhem os canhoneiros; e outros ainda os oficiais, enquanto diversos destacamentos concentram sua atenção nos demais membros da tripulação, nas estruturas do convés e no mecanismo dos lemes e dos propulsores.

Vinte minutos depois da primeira saraivada, a grande frota desviou sua rota para a direção de onde havia vindo anteriormente. Vários veículos estavam claramente avariados, parecendo estar parcamente sob o controle de suas tripulações depauperadas. Sua artilharia havia cessado completamente e todas as suas energias pareciam concentradas na fuga. Nossos guerreiros, então, se apressaram para as lajes dos edifícios que ocupavam e seguiram a armada batendo em retirada com uma fuzilaria de fogo mortal.

Um a um, contudo, os navios conseguiram se esconder além do topo das colinas, à distância, até que somente uma última nave avariada pudesse ser vista. Esta havia recebido a força principal de nosso ataque e parecia estar completamente à deriva, uma vez que nenhuma figura viva estava visível em seu convés. Lentamente ela se desviou de seu curso, fazendo a volta em nossa direção de maneira errática e patética. Instantaneamente, os guerreiros cessaram fogo, pois era evidente que a embarcação estava completamente indefesa e, longe de representar algum perigo para nós, não podia sequer se controlar o suficiente para escapar.

À medida que ela se aproximava da cidade, os guerreiros correram ao seu encontro na planície, mas era claro que ela ainda estava alta demais para que pudessem alcançar seus deques. Eu tinha um ponto de visão privilegiado de minha janela e podia ver os corpos da tripulação espalhados, embora não pudesse deduzir que tipo de criaturas eram. Sequer um sinal de vida se manifestou sobre ela enquanto flutuava lentamente pela brisa em direção sudeste.

Ela flutuava a aproximadamente quinze metros acima do chão, seguida por cerca de cem guerreiros que foram ordenados a voltar às lajes para cobrir um eventual retorno da frota ou de seus reforços. Logo ficou evidente que ela se chocaria contra as construções a mais ou menos um quilômetro e meio ao sul de nossa posição e, enquanto eu observava o progresso da aproximação, vi uma porção de guerreiros a galope mais adiante, desmontando e entrando na construção que parecia destinada ao choque.

Enquanto a nave se aproximava do edifício – e logo antes do golpe –, os guerreiros marcianos preencheram as janelas e suavizaram o choque da colisão com suas grandes lanças. Em questão de segundos, eles já haviam atirado ganchos, prendendo o grande barco que era rebocado para o chão por seus companheiros no solo.

Após a terem firmemente presa, subiram pelas laterais da nave e vasculharam de proa a popa. Eu podia vê-los examinando os marinheiros mortos, procurando sinais de vida, até que um grupo surgiu dos porões trazendo uma pequena figura entre eles. A criatura era consideravelmente mais baixa do que a metade da altura dos guerreiros verdes marcianos, e da sacada onde estava pude ver que caminhava ereta sobre duas pernas. Deduzi que seria uma nova e estranha monstruosidade marciana com a qual eu ainda iria me familiarizar.

Eles levaram seu prisioneiro ao chão e começaram a pilhar sistematicamente a embarcação. Essa operação demandou várias horas, durante as quais um grande número de carruagens foi requisitado para transportar o saque que consistia em armas, munição, sedas, peles, joias, barcos estranhamente esculpidos em rocha e uma quantidade de comidas sólidas e líquidas, incluindo muitos barris de água – os primeiros que havia visto desde que chegara em Marte.

Após o último carregamento ser removido, os guerreiros fizeram amarrações pela nave e a rebocaram para longe no vale, na direção sudoeste. Alguns deles subiram a bordo e se empenharam com dedicação, ao que parecia de minha distante posição, a esvaziar garrafões de ácido sobre os corpos dos marinheiros nos conveses e nas estruturas da embarcação.

Com essa operação concluída, escalaram apressadamente as amuradas e desceram pelos cabos até o chão. O último guerreiro a deixar o deque voltou-se e arremessou algo para trás, sobre o convés, esperando por um instante o resultado de seu ato. Quando uma tímida labareda brotou do local de onde seu objeto foi arremessado, ele saltou pela amurada e rapidamente pousou no chão. Logo após ele ter iniciado o incêndio, os cabos foram soltos simultaneamente e a grande belonave, mais leve após a remoção dos espólios, ergueu-se majestosamente no ar com seus deques e estruturas do convés envoltos em uma massa de chamas uivantes.

Vagarosamente ela vagou para sudeste, subindo cada vez mais e mais alto enquanto as chamas consumiam suas peças de madeira e diminuíam ainda mais seu peso. Subindo à laje do edifício, observei por horas a fio até que finalmente ela se perdeu de vista a distância. Era extremamente impressionante contemplar aquela imensa pira funerária flutuando, levada por uma corrente sem rumo e sem controle pelas solitárias vastidões dos céus marcianos, um navio abandonado, de morte e destruição, representando a história de vida dessas estranhas e ferozes criaturas carregadas pelas inamistosas mãos do destino.

Bastante deprimido por aquela cena, para mim incompreensível, desci vagarosamente até a rua. Os atos que eu havia testemunhado pareciam marcar mais a derrota e a aniquilação das forças de um povo irmão do que o embate de nossos guerreiros verdes contra uma horda de criaturas similares, ainda que hostis. Eu não podia compreender a aparente alucinação nem mesmo me livrar dela, mas, em algum lugar nas profundezas de minha alma, senti um estranho anseio em relação a esses inimigos desconhecidos; uma forte esperança surgiu em mim, dizendo que a frota voltaria e exigiria um acerto de contas com os guerreiros verdes que a haviam atacado de forma tão desenfreada e cruel.

Perto de meu calcanhar, agora seu lugar habitual, vinha Woola, o cão. Quando apareci na rua, Sola correu em minha direção como se eu fosse o objeto de sua busca. A cavalaria estava retornando à praça central e nossa marcha para casa seria protelada para o dia seguinte. Na verdade, a marcha não recomeçaria por mais de uma semana devido ao temor de um contra-ataque da força aérea.

Lorquas Ptomel era um velho guerreiro muito astuto para ser pego de surpresa nos descampados com sua caravana de carruagens e crianças, e assim permanecemos na cidade deserta até que o perigo aparentemente desaparecesse.

Enquanto Sola e eu entrávamos na praça, meus olhos depararam com uma visão que preencheu todo o meu ser com uma grande e confusa explosão de esperança, medo, exultação e depressão, ainda que a maior parte dessa mistura fosse um sutil senso de alívio e alegria, uma vez que, quando nos aproximamos da multidão de marcianos, vislumbrei o prisioneiro da batalha aérea que havia sido rudemente arrastado para dentro de uma construção próxima por uma dupla de fêmeas marcianas verdes.

E a visão que meus olhos captaram era a de uma figura esguia, feminina, similar em todos os detalhes às mulheres terráqueas de minha vida anterior. Ela não me viu de pronto, mas, quando estava desaparecendo através do portal do edifício que seria sua prisão, ela se voltou e seus olhos encontraram os meus. Seu rosto era oval e lindo ao extremo, suas feições eram desenhadas com delicadeza e perfeição, seus olhos eram grandes e brilhantes, e sua cabeça era encimada por uma massa de cabelos ondulantes e negros como carvão, presos frouxamente em um estranho penteado. Sua pele tinha uma tonalidade vermelho-cobre suave contra a qual o brilho escarlate de suas bochechas e o tom rubiáceo de seus lábios belamente moldados ampliavam sua luz, causando um curioso efeito.

Ela estava despida de roupas enquanto as marcianas verdes a acompanhavam. Na verdade, exceto por seus ornamentos ricamente detalhados, estava completamente nua, mas nenhum outro aparato poderia aumentar ainda mais a beleza de sua figura perfeita e simétrica.

Enquanto seu olhar repousava em meus olhos arregalados de surpresa, ela fez um pequeno sinal com sua mão livre. Um sinal que, obviamente, eu não podia entender. Nossos olhares se cruzaram por apenas um momento, e então o semblante de esperança e coragem renovada que havia iluminado sua face quando me descobriu desapareceu em pura tristeza aliada a ódio e desprezo. Percebi que não havia respondido ao seu sinal e, ignorante como era dos costumes marcianos, senti intuitivamente que ela havia feito um apelo por ajuda e proteção que minha desgraçada estupidez me privou de atender. Então, arrastada para longe de minha vista, ela foi para as profundezas do edifício deserto.

CAPÍTULO IX

Eu aprendo o idioma

Quando me recuperei, olhei para Sola, que havia testemunhado o encontro, e fiquei surpreso ao notar a estranha expressão em seu semblante normalmente inexpressivo. O que ela estava a pensar eu não saberia dizer, por ainda ter aprendido muito pouco do idioma marciano – apenas o suficiente para satisfazer minhas necessidades diárias.

Ao alcançar o portal do edifício, uma estranha surpresa me esperava. Um guerreiro se aproximou carregando armas, ornamentos e equipamentos como os seus. Ele os ofereceu a mim com algumas palavras ininteligíveis e uma atitude ao mesmo tempo respeitosa e ameaçadora.

Mais tarde, Sola, com a ajuda de várias outras mulheres, remodelou os ornamentos para que servissem em minhas proporções menores e, após completarem o trabalho, pude sair vestido com todo o meu arsenal para a guerra.

A partir de então, Sola me instruiu nos mistérios das diversas armas, e passei várias horas, todos os dias, praticando na praça com os jovens marcianos. Eu ainda não era proficiente em todas elas, mas minha grande familiaridade com as armas da Terra tornou-me um pupilo mais apto do que o comum, progredindo de uma maneira muito satisfatória.

Meu treinamento e o dos jovens marcianos era conduzido exclusivamente pelas mulheres, que não apenas cuidavam da educação nas artes da defesa e do ataque pessoais, mas também eram responsáveis pelo artesanato que produz todos os artigos manufaturados usados pelos marcianos verdes. Elas fazem a pólvora, os cartuchos, as armas de fogo. Na verdade, tudo o que tem algum valor é produzido pelas fêmeas. Nos tempos de guerra, elas formam parte da reserva e, quando a necessidade aparece, lutam com inteligência e ferocidade até superiores às dos homens.

Os homens são treinados nos níveis mais altos da arte da guerra, em estratégia e em manobras de grandes números de tropas. Eles fazem leis quando necessárias, uma nova a cada emergência. Eles são livres de precedentes para a aplicação da justiça. Costumes tornaram-se tradições após eras de repetições, mas a punição por ignorar um costume é motivo de tratamento diferenciado pelo júri formado pelos pares do acusado – e devo dizer que a justiça raramente erra o alvo, mas parece reger em razão inversa à ascensão da lei. Pelo menos em um aspecto os marcianos são um povo mais feliz: eles não têm advogados.

Não vi a prisioneira novamente por vários dias após nosso primeiro encontro, até avistá-la de relance enquanto era conduzida para a grande câmara de audiências na qual eu havia tido minha primeira entrevista com Lorquas Ptomel. Não pude deixar de notar a grosseria e a brutalidade desnecessárias com que suas guardas a tratavam, tão diferente da bondade quase maternal que Sola demonstrou por mim e da atitude respeitosa dos poucos marcianos verdes que se importaram em notar minha existência.

Percebi nas duas ocasiões em que a havia visto que a prisioneira trocava palavras com suas guardas, e isso me convenceu de que elas conversavam, ou pelo menos conseguiam se fazer entender por alguma linguagem em comum. Com esse incentivo extra, enlouqueci Sola com meus pedidos para que apressasse minha educação e, em questão de dias, eu havia dominado o idioma marciano suficientemente bem a ponto de manter uma conversa aceitável e de compreender completamente quase tudo o que ouvia.

Nesse período, nossos dormitórios foram ocupados por três ou quatro fêmeas e um casal de jovens recentemente saídos do ovo, além de Sola e seu jovem protegido, eu e Woola, o cão. Após terem se recolhido para a noite, era costume dos adultos manter uma conversa descontraída antes de caírem no sono e, agora que eu podia entender sua língua, era sempre um afiado ouvinte, embora nunca proferisse minhas próprias observações.

Na noite seguinte à visita da prisioneira à câmara de audiência, a conversação finalmente recaiu sobre esse assunto. Na hora, fiquei todo ouvidos. Eu temia perguntar a Sola sobre a bela cativa, pois não podia me furtar à memória da estranha expressão que notei em seu rosto quando de meu primeiro contato com ela. Eu não saberia dizer se ela denotava ciúme, mas julgando as coisas por padrões terrestres, como ainda fazia, achei mais seguro fingir indiferença sobre o assunto até poder definir com mais certeza a atitude de Sola em relação ao meu objeto de interesse.

Sarkoja, uma das mulheres mais velhas que dividia nosso domicílio, estivera presente na audiência como uma das guardas da cativa, e foi para ela que a pergunta foi dirigida.

– Quando vamos nos deliciar com o derradeiro sofrimento da vermelha? – perguntou uma das mulheres.

– Ou será que Lorquas Ptomel, jed, pretende mantê-la como refém?

– Eles decidiram levá-la conosco de volta a Thark e exibi-la agonizando nos grandes jogos perante Tal Hajus – respondeu Sarkoja.

– Qual seria um meio de libertá-la? – perguntou Sola. – Ela é tão pequena, tão linda. Eu esperava que fossem mantê-la como refém.

Sarkoja e as outras mulheres rosnaram enraivecidas diante dessa evidência de fraqueza da parte de Sola.

– É triste, Sola, que você não tenha nascido um milhão de anos atrás – disparou Sarkoja –, quando todos os espaços ocos do chão eram cheios de água e as pessoas eram tão leves quanto o material sobre o qual velejavam. Hoje, nós progredimos a um ponto em que tais sentimentos indicam fraqueza e atavismo. Não será bom permitir que Tars Tarkas saiba que você guarda tais sentimentos degenerados porque temo que assim ele não confiaria a alguém como você as sérias responsabilidades da maternidade.

– Não vejo nada de errado com minha expressão de interesse por essa mulher vermelha – retorquiu Sola. – Ela nunca nos machucou ou nos machucaria, caso caíssemos em suas mãos. São somente os homens de sua espécie que guerreiam conosco, e sempre achei que essa atitude deles nada mais é do que o reflexo das nossas para com eles. Eles vivem em paz com todos os seus, exceto quando recai sobre eles o dever da guerra, enquanto não estamos em paz com ninguém. Guerreando infinitamente entre nossa própria espécie, assim como com os homens vermelhos. Mesmo em nossas comunidades, os indivíduos lutam entre si. Oh, vivemos um período contínuo de terrível carnificina desde o momento em que quebramos a casca até abraçarmos alegremente o seio do rio do mistério, o escuro e ancestral Iss, que nos leva a uma existência desconhecida, mas não mais esta, assustadora e terrível! Bem-aventurado é aquele que encontra seu fim na morte precoce. Diga o que quiser a Tars Tarkas, pois não poderá me dar pior destino do que a continuação da abominável existência que somos forçados a ter nesta vida.

A repentina explosão por parte de Sola surpreendeu e chocou bastante as outras mulheres. Tanto que, após algumas poucas palavras de censura geral, elas se calaram e logo estavam adormecidas. Se o episódio havia servido para alguma coisa, no mínimo me assegurou da simpatia de Sola para com a pobre garota, além de me convencer de que eu havia sido extremamente afortunado ao cair em suas mãos, e não nas das outras fêmeas. Eu sabia que Sola se afeiçoara a mim e, agora que havia descoberto sua aversão à crueldade e à barbárie, estava confiante de que podia contar com sua ajuda para que eu e a cativa escapássemos, caso tal possibilidade estivesse ao seu alcance.

Eu nem sequer sabia se havia um lugar melhor para o qual escapar, mas estava disposto a arriscar minhas chances entre pessoas com formas mais parecidas com as minhas em vez de continuar entre os repugnantes e sanguinários homens verdes de Marte. Mas para onde ou como iria era uma incógnita para mim, assim como a antiga busca pela fonte da vida eterna o era para os terráqueos desde a aurora dos tempos.

Decidi que na primeira oportunidade eu confidenciaria meus planos a Sola e pediria abertamente que ela me ajudasse. Com essa decisão fortemente tomada, me virei sobre minhas sedas e peles e dormi o sono pesado e revigorante de Marte.

CAPÍTULO X

Campeão e chefe

No dia seguinte, logo cedo, eu já estava totalmente disposto. Uma liberdade considerável me foi concedida, uma vez que Sola me informou que, contanto que eu não tentasse deixar a cidade, estaria livre para ir e vir à vontade. Ela me advertiu, porém, quanto a me aventurar desarmado, porque essa cidade, assim como todas as outras metrópoles abandonadas de civilizações marcianas antigas, era povoada pelos grandes macacos albinos do meu segundo dia de aventura.

Ao me informar que eu não deveria deixar os limites da cidade, Sola explicou que Woola me impediria de qualquer maneira se eu tentasse, e me aconselhou em tom grave para eu não despertar sua natureza feroz, ignorando seus avisos, caso eu me aventurasse perto demais dos territórios proibidos. Sua natureza era tal, disse ela, que ele me traria de volta à cidade vivo ou morto se eu insistisse em desobedecer essa ordem. "De preferência, morto", adicionou.

Nessa manhã eu havia escolhido uma nova rua para explorar quando de repente me encontrei nos limites da cidade. À minha frente estavam colinas baixas cravadas por ravinas estreitas e convidativas. Eu desejei explorar o campo diante de mim e, como membro da linhagem desbravadora da qual me originei, vislumbrar a paisagem que se mostraria a mim de sobre os cumes, além das colinas que agora impediam minha visão.

Também me ocorreu que esta seria uma excelente oportunidade para testar as qualidades de Woola. Eu estava convencido de que o animal me amava. Tinha visto mais evidências de afeto nele do que em qualquer outro animal marciano, homem ou fera, e estava certo de que a gratidão pelos atos que por duas vezes lhe salvaram a vida suplantaria sua lealdade ao dever imposto sobre ele por seus mestres cruéis e desalmados.

Ao me aproximar da linha fronteiriça, Woola correu afobado à minha frente e lançou seu corpo contra minhas pernas. Sua expressão era mais um pedido do que uma ameaça. Ele não arreganhou suas presas nem articulou seus temíveis sons guturais. Privado da amizade e do companheirismo de minha raça, desenvolvi uma considerável afeição por Woola e Sola, porque um ser humano normal precisa de uma válvula de escape para suas afeições naturais e então decidi por impulso me afeiçoar a esse grande animal, certo de que não me desapontaria.

Eu nunca o havia acariciado nem demonstrado afeto por ele, mas agora estava sentado sobre o solo e, passando meus braços por seu largo pescoço, afaguei-o com paciência, falando com minha recentemente adquirida habilidade na língua marciana, como teria feito com meu cão em minha casa, como eu teria falado com qualquer outro amigo entre os animais inferiores. Sua resposta à minha manifestação de carinho foi extraordinária. Ele abriu sua grande boca até o limite, desvelando a completa arcada superior de presas e enrugando seu focinho até que seus grandes olhos fossem praticamente cobertos pelas dobras de pele. Se alguma vez você viu um collie sorrindo, talvez tenha uma ideia da distorção facial de Woola.

Ele se deitou de costas no chão e começou a se esfregar graciosamente aos meus pés. Levantou-se, saltou sobre mim, jogando-me ao chão sob seu grande peso, se sacudiu e se contorceu à minha volta como um filhotinho que oferece o dorso pedindo para ser acariciado. Eu não pude resistir ao absurdo do espetáculo e me joguei para a frente e para trás na primeira gargalhada a sair de meus lábios depois de todos esses dias. A primeira, de fato, desde a manhã em que Powell partiu do acampamento com seu cavalo que, desacostumado de ser montado, pinoteou e o derrubou inesperada e diretamente sobre uma panela de feijões.

Minha gargalhada assustou Woola, fazendo-o parar suas travessuras para vir rastejando lastimosamente em minha direção, empurrando sua cabeça ameaçadora em meu colo. E então me lembrei do que uma gargalhada significava em Marte: tortura, sofrimento, morte. Aquietando-me, cocei a cabeça do pobre animal para a frente e para trás, falei com ele por alguns minutos e, em um tom de comando autoritário, ordenei que me seguisse. Levantando-me, parti na direção das colinas.

Não houve questionamento de autoridade entre nós após isso. Woola era meu escravo fiel daquele momento em diante, e eu, seu único e indiscutível mestre. Minha caminhada às colinas durou poucos minutos, pois não encontrei nada que recompensasse meus interesses particulares. Inúmeras flores silvestres, brilhantemente coloridas e das mais estranhas formas pontilhavam as ravinas. Do topo da primeira colina vi ainda várias outras se estendendo na distância para o norte, cada vez mais altas, um nível acima das outras, até se perderem em montanhas de dimensões bastante respeitáveis – apesar de posteriormente eu descobrir que somente alguns poucos picos em Marte ultrapassavam mil e duzentos metros de altura. A sugestão de magnitude era meramente relativa.

Minha caminhada matutina havia sido de grande importância para mim, pois havia resultado em um perfeito entendimento com Woola, sobre quem Tars Tarkas havia depositado minha salvaguarda. Agora eu sabia que, mesmo sendo teoricamente um prisioneiro, eu era virtualmente livre, e me apressei em voltar aos domínios da cidade antes que a falha de Woola pudesse ser descoberta por seus antigos donos. A aventura me fez decidir que eu não deixaria os limites da cidade que me haviam sido impostos até que estivesse preparado para me aventurar adiante, até o fim, o que fatalmente acarretaria tanto a redução de minhas liberdades quanto o provável sacrifício de Woola, caso fôssemos descobertos.

Ao adentrar novamente a praça, tive meu terceiro relance da garota cativa. Ela estava parada com suas guardas em frente à câmara de audiência e, enquanto eu me aproximava, lançou-me um olhar arrogante e virou as costas completamente para mim. O ato foi tão próprio do sexo feminino, tão terraqueamente feminino que, mesmo ferindo meu orgulho, também aqueceu meu coração com um sentimento de companheirismo. Era bom saber que alguém mais em Marte, além de mim mesmo, tinha instintos humanos civilizados, mesmo que a manifestação fosse tão dolorosa e mortificante.

Caso uma mulher marciana verde quisesse demonstrar desprezo ou desrespeito, é muito provável que o fizesse com um golpe de espada ou com um movimento de seu dedo no gatilho. Mas já que seus sentimentos eram extremamente atrofiados, seria preciso um ferimento grave para despertar tamanha reação nelas. Sola, preciso pontuar, era uma exceção. Eu nunca a vi cometer atos cruéis ou grosseiros, nem mesmo falhar em sua natureza uniforme de gentileza e bondade. Ela era, na verdade, como seus camaradas marcianos diziam, um atavismo: uma cara e preciosa reversão a uma ancestralidade que sabia amar e receber amor.

Observando que a prisioneira parecia ser o centro das atenções, parei para ver o que acontecia. Não tive de esperar muito até que Lorquas Ptomel e sua comitiva de líderes se aproximassem do edifício e, sinalizando para que as guardas os seguissem com a prisioneira, entrassem na câmara de audiência. Ciente de que eu era uma figura protegida, e convencido de que os guerreiros não sabiam de minha proficiência em seu idioma, pois havia pedido a Sola que mantivesse segredo disso – por não querer ser forçado a falar com os homens até que houvesse dominado perfeitamente a língua marciana –, arrisquei entrar na câmara de audiência e acompanhar o processo.

O conselho estava instalado sobre os degraus da tribuna enquanto abaixo deles ficavam a prisioneira e suas duas guardas. Pude ver que uma das mulheres era Sarkoja e então deduzi como ela havia estado presente na audiência do dia anterior, o que permitiu que reportasse os acontecimentos aos ocupantes de nosso dormitório na noite passada. Sua atitude para com a cativa era rude e brutal. Quando ela a segurava, afundava suas unhas rudimentares na pele da pobre garota, ou torcia seu braço da maneira mais dolorosa. Quando era necessário mover-se de um ponto para outro, ela a sacudia grosseiramente ou a empurrava com força para a frente. Ela parecia estar descarregando todo o ódio, crueldade, ferocidade e maldade de seus novecentos anos de vida sobre essa pobre criatura indefesa, carregando consigo incontáveis eras da violência e da brutalidade de seus ancestrais.

A outra mulher era menos cruel pelo fato de ser totalmente indiferente. Se a prisioneira fosse confiada exclusivamente a ela – e felizmente era, durante a noite –, não receberia tratamento rude ou, seguindo o mesmo raciocínio, sequer teria recebido qualquer tipo de atenção.

Quando Lorquas Ptomel levantou seus olhos para fitar a prisioneira, eles recaíram sobre mim. Ele se voltou para Tars Tarkas proferindo uma palavra e um gesto de impaciência. Tars Tarkas lhe deu algum tipo de resposta que não pude assimilar, mas que fez Lorquas Ptomel sorrir e não prestar mais atenção em mim.

– Qual é o seu nome? – perguntou Lorquas Ptomel à prisioneira.

– Dejah Thoris, filha de Mors Kajak, de Helium.

– Qual é a natureza de sua expedição? – ele continuou.

– Éramos um grupo composto exclusivamente por pesquisadores científicos enviados pelo pai de meu pai, o jeddak de Helium, para remapear as correntes de ar e para fazer testes de densidade atmosférica – respondeu a prisioneira, em um tom de voz equilibrado e baixo.

– Estávamos despreparados para a batalha – ela continuou – porque viajávamos em uma missão pacífica, conforme indicavam as bandeiras e as cores de nossas naves. O trabalho que fazíamos era tanto de seu interesse quanto do nosso, uma vez que é sabido que se não fossem nossos esforços e os frutos de nossas operações científicas não haveria ar ou água suficientes em Marte para comportar uma vida humana sequer. Por gerações temos mantido o suprimento de ar e água praticamente constante, sem maiores perdas. E temos feito isso mesmo diante da interferência brutal e ignóbil de seus homens verdes.

– Por que, diga-me, não podem aprender a viver em harmonia com seus iguais em vez de continuar no caminho da extinção, sempre um degrau acima das feras que os servem? Um povo sem idioma escrito, sem arte, sem lares, sem amor, vítima de milênios de um terrível ideal de comunidade? Possuir tudo em comum, até mesmo mulheres e crianças, resultou em não possuir absolutamente nada em comum. Vocês odeiam uns aos outros assim como odeiam tudo o mais além de vocês próprios. Voltem ao modo de vida de nossos ancestrais comuns, voltem à luz da gentileza e da camaradagem. O caminho está aberto diante de vocês, onde encontrarão as mãos dos homens vermelhos estendidas para ajudá-los. Juntos, podemos fazer ainda mais para recuperar nosso planeta moribundo. A neta do maior e mais poderoso dos jeddaks vermelhos lhes pergunta: vocês virão?

Lorquas Ptomel e seus guerreiros permaneceram sentados em silêncio, olhando seriamente por vários segundos para a jovem mulher depois que ela concluiu sua fala. O que se passava em suas mentes nenhum homem poderia dizer, mas acredito piamente que haviam sido tocados e que, se ao menos um entre eles fosse forte o bastante para se colocar acima dos costumes, aquele momento teria marcado uma nova e importante era para Marte.

Eu vi Tars Tarkas levantar-se para falar, e em sua face havia expressões que eu nunca tinha visto no semblante de outro guerreiro verde marciano. Elas denunciavam uma grande batalha interior contra si mesmos, contra sua hereditariedade, contra os antigos costumes. Quando abriu a boca para falar, um toque quase bondoso, quase afável, acendeu momentaneamente seu rosto feroz e terrível.

As palavras que estavam fadadas a sair por seus lábios nunca foram proferidas porque, nesse exato momento, um jovem guerreiro, evidentemente pressentindo o rumo dos pensamentos entre os mais velhos, saltou dos degraus da tribuna e, acertando a frágil cativa com um golpe na face – que a derrubou ao chão –, colocou seu pé sobre sua forma prostrada. Voltando-se para o conselho reunido, disparou uma horrenda e melancólica gargalhada.

Por um instante pensei que Tars Tarkas o fulminaria. O aspecto de Lorquas Ptomel também não se anunciava muito favorável ao bruto, mas a tensão passou, suas antigas personalidades reafirmaram sua ascendência e todos sorriram. Foi um augúrio, porém, o fato de que não gargalharam sonoramente, porque o ato do bruto constituía uma ação espirituosa e engraçada de acordo com a ética que regia o humor verde marciano.

O fato de eu ter levado algum tempo para descrever uma parte do que ocorreu depois que o golpe foi desferido não significa que permaneci inativo todo esse tempo. Acredito que pressenti algo do que estava por vir porque percebi que estava agachado, pronto para saltar, enquanto o golpe estava a caminho de sua face bela e suplicante a olhar para cima. Antes que a mão recaísse sobre ela, eu já havia percorrido metade do salão.

Mal a perturbadora risada do guerreiro havia ecoado pela primeira vez, eu já estava sobre ele. O bruto tinha três metros e meio de altura e estava armado até os dentes, mas acredito que eu poderia ter dado cabo de todos naquela sala, dada a terrível intensidade de minha raiva. Saltando adiante, eu o atingi em cheio no rosto enquanto ele se virava na direção de meu grito de aviso. Enquanto sacava sua espada curta, saquei a minha e me abati novamente sobre seu peito, enganchei uma perna sobre a coronha de sua pistola e segurei uma de suas grandes presas com minha mão esquerda enquanto desferia golpe após golpe sobre sua enorme caixa torácica.

Ele não podia usar a espada curta a seu favor porque eu estava próximo demais. Também não podia sacar sua pistola, coisa que tentou fazer em oposição direta a um costume marciano que diz que não se pode duelar com um guerreiro semelhante com outra arma que não seja a mesma com a qual foi atacado. Na verdade, ele não podia ir além de uma desesperada e inútil tentativa de se livrar de mim. Com todo o seu imenso corpanzil, ele era pouco mais forte do que eu e não demoraria um segundo ou dois até que ele sucumbisse, sangrando e sem vida no chão.

Dejah Thoris havia se levantado sobre um cotovelo e observava a batalha com os olhos arregalados e surpresos. Quando consegui ficar em pé, peguei-a em meus braços e a carreguei até um dos bancos na lateral da sala.

Dessa vez, nenhum marciano se interpôs a mim e, rasgando um pedaço de seda de minha capa, tentei estancar o fluxo de sangue que saía de seu nariz. Minha atitude foi bem-sucedida, uma vez que seus ferimentos não passavam muito de um sangramento nasal comum. Quando ela pôde falar, pousou sua mão sobre o meu braço e, olhando-me nos olhos, disse:

– Por que você fez isso? Você, que se recusou até mesmo a uma aproximação amigável quando precisei da primeira vez! E agora arrisca sua vida e assassina um de seus companheiros por minha causa. Não consigo entender. Que homem de modos estranhos é você que se associa com homens verdes, embora sua forma seja a mesma de minha raça, enquanto sua cor é pouca coisa mais escura que a dos macacos albinos? Diga-me se é humano ou se é mais do que humano.

– É uma história estranha – respondi. – Longa demais para contar agora e sobre a qual eu mesmo tenho tantas dúvidas que temo que outros não acreditarão nela. Basta dizer, por enquanto, que sou seu amigo e, enquanto nossos captores permitirem, também seu protetor e servo.

– Então você também é um prisioneiro? Mas por que, então, usa essas armas e vestes de um chefe tharkiano? Qual o seu nome? Qual o seu país?

– Sim, Dejah Thoris, sou um prisioneiro. Meu nome é John Carter e chamo a Virgínia, um dos Estados Unidos da América, na Terra, de meu lar. Mas o motivo de me permitirem usar armas eu não sei, nem estava ciente de que minha regalia era a mesma dos chefes.

Fomos interrompidos nesse momento pela aproximação de um dos guerreiros que carregava armas, equipamentos e ornamentos. Em um lampejo, uma de suas questões foi respondida e me foi esclarecido um enigma. Vi que o corpo de meu antagonista morto havia sido despido e percebi, pela atitude ameaçadora, porém respeitosa daquele que me trazia esses espólios a mesma deferência mostrada pelo guerreiro que me trouxera o equipamento original. Agora, pela primeira vez, percebia que meu golpe, na ocasião do primeiro embate na câmara de audiência, havia resultado na morte posterior do adversário.

A razão para essa atitude demonstrada para comigo agora me era aparente. Eu havia conquistado minhas esporas, por assim dizer, por meio da justiça cruel que sempre marca as negociações entre os marcianos e que, entre outras coisas, me fez chamar este lugar de "planeta dos paradoxos". Concederam-me as honras de um conquistador, os equipamentos e a posição do homem que eu havia assassinado. Na verdade, eu era um líder marciano, o que, depois aprendi, era a causa de minha grande liberdade e tolerância na câmara de audiência.

Ao me voltar para receber os bens do guerreiro morto, notei que Tars Tarkas e vários outros haviam se deslocado em nossa direção e que os olhos do primeiro repousavam sobre mim de maneira inquiridora. Finalmente, dirigiu-se a mim:

– Você fala a língua de Barsoom com perfeição para alguém que, há poucos dias, era surdo e mudo para nós. Onde a aprendeu, John Carter?

– Você mesmo foi o responsável, Tars Tarkas – respondi –, ao me fornecer uma instrutora de habilidade admirável. Devo agradecer a Sola o meu aprendizado.

– Ela trabalhou bem – ele respondeu –, mas sua educação em outras instâncias precisa de um considerável aprimoramento. Você sabe o que sua ousadia inaudita teria lhe custado caso não tivesse matado algum dos dois líderes cujo metal você veste agora?

– Presumo que aquele que eu não conseguisse matar teria me matado – respondi sorrindo.

– Não, você está errado. Somente na mais extrema legítima defesa um guerreiro marciano mataria um prisioneiro. Gostamos de guardá-los para outros propósitos – disse, e sua face evidenciou possibilidades que não eram aprazíveis de se supor.

– Mas há algo que pode salvá-lo agora – ele continuou. – Em reconhecimento ao seu notável valor, agressividade e destreza, você poderia ser considerado por Tal Hajus tão honrado a ponto de ser integrado à comunidade e tornar-se um tharkiano completo. Até chegarmos ao quartel-general de Tal Hajus, é o desejo de Lorquas Ptomel que você seja tratado com o respeito devido aos seus atos. Você será tratado por nós como um líder tharkiano, mas não deve se esquecer de que todo chefe superior a você tem como responsabilidade entregá-lo em segurança a nosso poderoso e cruel soberano. Tenho dito.

– Entendido, Tars Tarkas – respondi. – Como sabe, não sou de Barsoom, seus costumes não são como os meus e somente posso agir no futuro como agi no passado, de acordo com o que dita minha consciência e pelo que dizem os padrões do meu povo. Se você me libertar, irei em paz. Caso contrário, que os indivíduos barsoomianos com os quais terei de conviver respeitem meus direitos de estrangeiro entre seu povo, ou que sofram as consequências que se seguirão. E deixemos claro que quaisquer que sejam suas intenções para com esta desafortunada jovem, aquele que tentar machucá-la ou insultá-la no futuro deve saber que terá de prestar contas a mim. Entendo que menosprezem todos os sentimentos de generosidade e gentileza, mas não eu. E poderei convencer seus mais bravos guerreiros de que essas características não são incompatíveis com a habilidade de lutar.

Normalmente não sou dado a longos discursos, e nunca antes utilizei tal ênfase, mas confiei que essa oratória encontraria eco no peito dos marcianos verdes. E não me enganei, pois minha prolixidade evidentemente tocou-os a fundo, tornando, posteriormente, sua atitude para comigo alvo de ainda mais respeito.

O próprio Tars Tarkas pareceu satisfeito com minha resposta, mas seu único comentário foi mais ou menos enigmático:

– E eu acho que conheço Tal Hajus, jeddak de Thark.

Eu agora havia desviado minha atenção para Dejah Thoris e a auxiliava a se manter em pé enquanto a guiava para a saída, ignorando as harpias guardiãs planando em volta, assim como os olhares curiosos dos líderes. Afinal, eu agora também era um líder! Então, assumiria as responsabilidades cabíveis. Eles não nos incomodaram e, assim, Dejah Thoris, princesa de Helium, e John Carter, cavalheiro da Virgínia, seguidos pelo fiel Woola, passaram pelo completo silêncio da câmara de audiência de Lorquas Ptomel, jed, entre os tharks de Barsoom.

CAPÍTULO XI

Com Dejah Thoris

Quando chegamos em campo aberto, as duas guardas fêmeas que haviam sido instruídas a vigiar Dejah Thoris se apressaram e tentaram recuperar sua custódia novamente. A pobre garota se encolheu contra mim e senti suas duas pequenas mãos apertando meu braço com força. Afugentando-as, informei-as de que Sola cuidaria da cativa de agora em diante e em seguida adverti Sarkoja de que quaisquer outras atenções cruéis que se abatessem sobre Dejah Thoris resultariam em repentino e doloroso fim.

Minha ameaça mostrou-se infeliz e resultou em mais danos do que benefícios a Dejah Thoris porque, como soube depois, homens não matam mulheres em Marte, nem mulheres matam homens. Então, Sarkoja simplesmente nos desferiu um olhar ameaçador e se foi para arquitetar suas maldades contra nós.

Logo encontrei Sola e expliquei a ela meu desejo de que cuidasse de Dejah Thoris assim como cuidava de mim, que ela encontrasse outros alojamentos onde Sarkoja não as molestasse e, finalmente, informei-a de que eu mesmo iria me alojar entre os homens.

Sola espiou os equipamentos que eu carregava nas mãos e pendurados em meus ombros.

– Você é um grande líder agora, John Carter – ela disse. – E devo cumprir o que me pede, apesar de que o faria da mesma forma, sob quaisquer circunstâncias. O homem cujo metal você carrega era jovem, mas era um grande guerreiro e havia, por meio de suas promoções e mortes, conseguido um posto próximo ao de Tars Tarkas, que, como você sabe, está abaixo somente de Lorquas Ptomel. Você é o décimo primeiro, havendo apenas outros dez líderes acima de você em valentia nesta comunidade.

– E se eu matasse Lorquas Ptomel? – perguntei.

– Você seria o primeiro, John Carter. Mas você só poderá obter esta honraria se o conselho inteiro decidir que Lorquas Ptomel deve enfrentá-lo num duelo; ou, caso seja atacado por ele, se matá-lo em legítima defesa, conquistando assim o primeiro lugar.

Gargalhei e mudei de assunto. Eu não tinha nenhum desejo de matar Lorquas Ptomel e menos ainda de ser um jed entre os tharks.

Acompanhei Sola e Dejah Thoris na busca de novos alojamentos, os quais encontramos em uma construção próxima à câmara de audiência e de arquitetura muito mais pretensiosa do que nossa antiga habitação. Também encontramos nesse prédio verdadeiros apartamentos-dormitórios com camas antigas e altas de metal fundido penduradas no alto, balançando por enormes correntes de ouro presas nos tetos de mármore. A decoração das paredes era extremamente elaborada e, ao contrário dos afrescos nos outros edifícios que eu havia visto, retratavam várias figuras humanas em suas composições. Eram pessoas como eu e de cor muito mais clara do que a de Dejah Thoris. Vestiam túnicas graciosas e soltas, altamente ornamentadas com metais e joias, e seus cabelos luxuriantes eram de um lindo dourado e de um bronze avermelhado. Os homens estavam barbeados e apenas alguns carregavam armas. As pinturas representavam, em grande parte, um povo de pele e cabelos delicados, em atividade.

Dejah Thoris entrelaçou suas mãos em uma exclamação de êxtase enquanto olhava para as magníficas obras de arte, criadas por um povo há muito extinto, enquanto Sola, por outro lado, parecia nem sequer notá-los.

Decidimos usar esse quarto, localizado no segundo andar e voltado para a praça, para abrigar Dejah Thoris e Sola. Ao fundo, outro cômodo adjacente serviria como cozinha e despensa. Depois disso, despachei Sola para trazer roupas de cama, alimentos e utensílios de que ela poderia precisar, dizendo que eu guardaria Dejah Thoris até que ela voltasse.

Enquanto Sola partia, Dejah Thoris voltou-se para mim com um sorriso tímido.

– E para onde, então, sua prisioneira escaparia se você a deixasse, além de acompanhá-lo por onde for, procurar sua proteção e pedir-lhe perdão pelos pensamentos cruéis que cultivou contra você nestes últimos dias?

– Você está certa – respondi. – Não há fuga possível para nenhum de nós dois, exceto juntos.

– Ouvi seu desafio à criatura que você chama de Tars Tarkas e acho que entendi sua posição entre esse povo, mas o que não consigo compreender é sua declaração de que não é de Barsoom.

– Então, em nome de meu primeiro ancestral – ela continuou –, de onde mais você poderia ser? Você é parecido com meu povo e, ainda assim, tão diferente. Você fala minha língua e, mesmo assim, ouço você dizer a Tars Tarkas que a aprendeu recentemente. Todos os barsoomianos falam a mesma língua, da calota glacial sul à calota glacial norte, embora suas escritas sejam diferentes. Somente no Vale de Dor, onde o Rio Iss desemboca no Mar Perdido de Korus, supõe-se que uma outra língua seja falada e, exceto nas lendas de nossos ancestrais, não há registro de algum barsoomiano ter retornado do Rio Iss ou das praias do Korus, no Vale de Dor. Não me diga que você retornou de lá! Eles o matariam da forma mais terrível em qualquer lugar da superfície de Barsoom se isso for verdade. Por favor, diga que não!

Seus olhos se preencheram com uma luz estranha. Sua voz era suplicante e suas pequenas mãos se estenderam até meu peito, onde me pressionaram como se quisessem arrancar uma negativa de meu próprio coração.

– Eu não conheço seus costumes, Dejah Thoris, mas em minha Virgínia um cavalheiro não mente para se salvar. Eu não sou de Dor. Nunca estive no misterioso Iss e o Mar Perdido de Korus continua perdido, até onde eu sei. Acredita em mim?

Impressionei-me ao perceber que ansiava que ela acreditasse em mim. Não que temesse os resultados que se seguiriam caso todos acreditassem que eu havia retornado do céu ou do inferno barsoomianos, ou coisa que o valha. Por que, então? Por que eu me importaria com o que ela pensava? Olhei para ela: sua bela face inclinada para mim e seus maravilhosos olhos revelavam as profundezas de sua alma. E, quando meus olhos encontraram os dela, eu soube o porquê... e estremeci.

Uma onda de sentimento similar pareceu se agitar dentro dela. Ela se afastou de mim com um suspiro e, com seu rosto lindo e ardente inclinado para mim, sussurrou:

– Acredito em você, John Carter. Não sei o que é um "cavalheiro", nem nunca ouvi falar da Virgínia, mas em Barsoom os homens não mentem. Se ele não deseja falar a verdade, permanece em silêncio. Onde é essa Virgínia, seu país, John Carter? – ela perguntou. E me pareceu que o lindo nome de minha amada terra nunca havia soado tão belo como quando proferido por seus lábios perfeitos naquele dia agora tão distante.

– Eu vim de outro mundo – respondi –, do grande planeta Terra, que gira em torno desse mesmo Sol e ocupa a próxima órbita após Barsoom, que chamamos de Marte. Como cheguei aqui, não posso dizer, porque não sei. Mas aqui estou e, uma vez que minha presença me permite servir a Dejah Thoris, fico feliz por isso.

Ela me fitou com seus olhos confusos longa e interrogativamente. Eu sabia muito bem que era difícil para ela acreditar em minhas palavras e não podia esperar que acreditasse, embora suplicasse por sua confiança e respeito. Eu não devia ter dito nada sobre meus antecedentes, mas nenhum homem poderia olhar dentro daqueles olhos e se negar aos seus mais ínfimos pedidos.

Finalmente ela sorriu e, levantando-se, disse:

– Eu devo acreditar, mesmo que não consiga entender. Vejo claramente que você não é um homem da Barsoom atual. Você é como nós, mas diferente... Então, por que eu deveria ocupar minha cabeça com tal problema quando meu coração me diz que acredito porque quero acreditar?

Era uma boa lógica. Boa, terráquea, feminina e, se a satisfazia, eu certamente não poderia encontrar nenhuma falha nela. Na verdade, era praticamente o único tipo de lógica que poderia admitir o meu problema. Caímos em uma conversa genérica, perguntando e respondendo várias questões de ambos os lados. Ela estava curiosa em aprender os costumes de meu povo e demonstrava um notável conhecimento dos eventos na Terra. Quando a questionei mais profundamente sobre essa aparente familiaridade com as coisas terráqueas, ela gargalhou e exclamou:

– Ora, todo aluno em Barsoom conhece a geografia e bastante sobre a fauna e a flora, assim como a história do seu planeta, quase tão bem quanto do nosso. Por acaso não podemos ver tudo o que acontece sobre a Terra, como você a chama? Afinal, ela não está pairando nos céus bem à nossa vista?

Aquilo me deixou embasbacado, devo admitir, tanto quanto meus relatos a haviam confundido, confessei. Ela então me explicou de forma geral os instrumentos que seu povo usava, aperfeiçoados por eras e que lhes permitiam jogar sobre uma tela uma imagem perfeita do que estava acontecendo sobre qualquer planeta e em várias estrelas. Essas imagens eram tão detalhadas que, quando fotografadas e ampliadas, objetos do tamanho de uma folha de grama podiam ser reconhecidos com clareza. Depois, já em Helium, pude ver diversas dessas imagens, assim como os instrumentos que as produziam.

– Então, se você está tão familiarizada com as coisas da Terra – perguntei –, por que não me reconheceu como um dos habitantes daquele planeta?

Ela sorriu novamente, com a mesma complacência aborrecida dispensada à pergunta de uma criança:

– Porque, John Carter – ela respondeu –, quase todos os planetas e estrelas que tenham condições atmosféricas parecidas com as de Barsoom apresentam formas de vida animal quase idênticas a mim e a você. Além do mais, os homens da Terra, quase sem exceção, cobrem seus corpos com estranhos pedaços de tecido e suas cabeças com aparelhos ridículos que impedem uma melhor visão, por motivos que não somos capazes de entender. Enquanto você, quando encontrado pelos guerreiros tharkianos, estava sem interferências e adornos. O fato de você estar sem adornos é uma forte prova de que sua origem não é barsoomiana, ao passo que a ausência de vestes grotescas pode gerar a dúvida de que você seja um terráqueo.

Foi então que narrei os detalhes de minha partida da Terra, explicando que meu corpo jazia completamente vestido com todos os mesmos – para ela – estranhos trajes dos habitantes comuns. Nesse momento, Sola retornou com nossas escassas posses e seu jovem protegido marciano que, obviamente, teria de dividir o dormitório com elas.

Sola nos perguntou se alguém nos visitava durante sua ausência e pareceu muito surpresa quando respondemos negativamente. Pareceu que, quando subia rumo aos andares superiores onde nossos dormitórios se localizavam, havia encontrado Sarkoja descendo. Decidimos que ela devia estar bisbilhotando, mas, como não nos lembramos de nada de importância ter ocorrido, descartamos o assunto, embora nos prometendo mutuamente manter em alto grau de alerta no futuro.

Dejah Thoris e eu nos concentramos em examinar a arquitetura e as decorações das belas salas do edifício que ocupávamos. Ela me disse que tudo indicava que esse povo havia existido mais de cem mil anos antes. Eles eram os remotos progenitores de sua raça, mas haviam se misturado com a outra raça de antigos marcianos, que eram muito escuros, quase negros, e também com a raça amarelo-avermelhada que havia florescido naquele tempo.

Essas três grandes divisões dos marcianos superiores haviam sido forçadas a uma poderosa aliança enquanto os mares do planeta secavam, compelindo-os a buscar as comparativamente poucas – e em constante redução – áreas férteis e a se defender sob as novas condições de vida e contra as hordas selvagens de homens verdes.

Eras de relacionamento próximo e casamentos entre si resultaram na primeira raça de homens vermelhos, dos quais Dejah Thoris era uma encantadora e bela descendente. Durante os milênios de trabalho árduo e incessante combate contra suas várias raças, assim como contra os homens verdes, e antes que tivessem se adaptado às mudanças ambientais, muitas das civilizações superiores e muitas das artes dos marcianos de cabelos claros se perderam. Mas a raça vermelha de hoje chegara a um ponto em que acreditava ter compensado, com novas descobertas e uma civilização mais pragmática, todo o conhecimento irrecuperavelmente perdido dos antigos barsoomianos sob as incontáveis gerações que se interpõem entre eles.

Esses antigos marcianos formavam uma raça altamente culta e letrada, mas, durante as vicissitudes daqueles séculos de adaptação às novas condições, não somente seus avanços industriais cessaram como também todos os seus arquivos, documentos e literatura se perderam.

Dejah Thoris relatou muitos fatos interessantes e lendas sobre essa raça perdida de indivíduos nobres e gentis.

Ela disse que a cidade onde estávamos acampados era onde hipoteticamente se situara o centro comercial e cultural conhecido como Korad. Havia sido construída sobre um lindo refúgio natural, incrustada entre magníficas colinas. O pequeno vale na frente oeste da cidade, ela explicou, era tudo o que restava do porto, enquanto a passagem entre as colinas até o fundo do velho mar era o canal através do qual chegavam as mercadorias até os portões da cidade.

As praias dos mares antigos eram pontilhadas por cidades como esta e por outras menores, cada vez mais escassas e que podiam ser encontradas convergindo para o centro dos oceanos, uma vez que as pessoas descobriram ser necessário seguir as águas que recuavam cada vez mais até que a urgência levou-as à sua última chance de salvação, os chamados canais marcianos. Tínhamos nos entretido tanto na exploração do edifício e em nossa conversa que o final da tarde já havia chegado sem que percebêssemos. Fomos trazidos de volta à realidade de nossa condição atual por um mensageiro que trazia uma convocação de Lorquas Ptomel, requerendo minha presença diante dele imediatamente. Despedindo-me de Dejah Thoris e Sola, e ordenando Woola a ficar de guarda, apressei-me à câmara de audiência, onde encontrei Lorquas Ptomel e Tars Tarkas sentados na tribuna.

CAPÍTULO XII

Um prisioneiro com poder

Quando entrei e os saudei, Lorquas Ptomel acenou para que eu avançasse e, fixando seus grandes e detestáveis olhos sobre mim, disse-me estas palavras:

– Você está conosco há alguns dias e durante esse tempo ganhou, por meio de suas habilidades, uma alta posição entre nós. Ainda assim, não é um de nós. E não nos deve obediência.

– Sua posição é bastante peculiar – ele prosseguiu. – Você é um prisioneiro e ainda assim dá ordens que devem ser cumpridas. Você é um alienígena e mesmo assim é um líder tharkiano. Você é um anão e ainda assim pode matar um poderoso guerreiro com um golpe de seu punho. E agora é dito que você esteve planejando escapar com outra prisioneira de outra raça, uma prisioneira que, ela mesma sugere, tende a acreditar que você retornou do Vale de Dor. Qualquer dessas acusações, se provada, daria base suficiente para sua execução, mas somos pessoas justas e você deverá ser julgado quando voltarmos a Thark, se Tal Hajus assim ordenar.

– Mas – ele continuou com sua bárbara fala gutural –, se você fugir com a garota vermelha, serei eu a ter de me relatar a Tal Hajus. Serei eu a encarar Tars Tarkas e comprovar meu direito ao comando, ou o metal de minha carcaça morta irá para um homem mais apto, porque esse é o costume dos tharks.

"Não tenho contendas com Tars Tarkas. Juntos, regemos de forma soberana a maior das comunidades inferiores entre os homens verdes. Não desejamos lutar entre nós e, portanto, John Carter, se você estivesse morto, eu estaria mais feliz. Contudo, apenas sob duas condições você poderia ser morto por nós sem ordens de Tal Hajus: em combate pessoal e em legítima defesa, caso ataque um de nós, ou se fosse preso em uma tentativa de fuga.

"Por questão de justiça, devo adverti-lo de que apenas esperamos uma dessas duas desculpas para nos livrar dessa enorme responsabilidade. A entrega da garota vermelha em segurança a Tal Hajus é da maior importância. Nem em mil anos os tharks fizeram tal captura. Ela é a neta do maior dos jeddaks vermelhos, que também é nosso mais amargo inimigo. Tenho dito. A garota vermelha nos disse que éramos desprovidos dos sentimentos mais delicados de humanidade, mas somos uma raça justa e honesta. Pode ir."

Voltei-me e deixei a câmara de audiência. Então este era o começo da perseguição de Sarkoja! Eu sabia que ninguém mais poderia ser responsável por esse relato que chegou aos ouvidos de Lorquas Ptomel tão rapidamente, e agora eu me lembrava das partes de nossa conversa que haviam mencionado a fuga e minha origem.

Sarkoja era a fêmea mais idosa e respeitada de Tars Tarkas. Assim sendo, tinha grande poder nos bastidores do trono, porque nenhum guerreiro gozava de maior grau de confiança de Lorquas Ptomel do que seu tenente mais hábil, Tars Tarkas.

Contudo, em vez de fazer com que eu abandonasse meus planos de uma possível fuga, minha audiência com Lorquas Ptomel apenas ajudou a focalizar toda a minha atenção nesse objetivo. Agora, mais do que nunca, a necessidade absoluta de escapar, como Dejah Thoris já sabia, me pressionava, pois eu estava convencido de que um destino terrível esperava por ela no quartel-general de Tal Hajus.

Conforme Sola havia descrito, esse monstro era a personificação exagerada de todas as eras de crueldade, ferocidade e brutalidade das quais ele descendia. Frio, astuto, calculista. Ele também era, em marcante contraste com todos os seus semelhantes, um escravo daquela paixão bruta cuja minguante demanda por procriação em seu planeta moribundo havia quase estagnado no peito marciano.

A ideia de que a divina Dejah Thoris poderia cair nas garras de tal atavismo abissal fez com que eu suasse frio. Seria melhor guardarmos munição amiga para nós mesmos num último momento, como faziam as valentes mulheres das fronteiras de minha terra distante, que preferiam dar cabo de suas próprias vidas a cair nas mãos dos índios selvagens.

Enquanto eu vagava pela praça, perdido em meus sombrios pressentimentos, Tars Tarkas se aproximou de mim a caminho da câmara de audiência. Seu comportamento para comigo permanecia inalterado e ele me saudou como se não tivéssemos nos separado apenas alguns momentos antes.

– Onde ficam suas acomodações, John Carter? – ele perguntou.

– Ainda não escolhi nenhuma – respondi. – Pareceu--me melhor que eu me alojasse sozinho ou com os outros guerreiros, mas estava esperando uma oportunidade de lhe pedir um conselho. Como sabe – sorri –, não estou familiarizado com todos os costumes dos tharks.

– Venha comigo – ele indicou, e juntos atravessamos a praça em direção a uma construção que me alegrou por ser vizinha àquela ocupada por Sola e seus protegidos.

– Meus alojamentos ocupam o primeiro andar deste edifício – ele disse –, e o segundo também está ocupado pelos guerreiros, mas o terceiro andar e todos acima estão livres. Pode escolher qualquer um.

– Entendo que você abriu mão de sua mulher para ficar com a prisioneira – ele continuou. – Bem, como você disse, seus hábitos não são os mesmos que os nossos, mas você luta bem o bastante para agir como quiser e, portanto, se prefere desistir de sua mulher pela cativa, o problema é seu. Mas como líder você deve ter seus serviçais e, de acordo com os costumes, pode escolher qualquer uma das fêmeas da comitiva dos líderes cujos metais você agora veste.

Eu agradeci, mas assegurei a ele de que poderia cuidar muito bem de mim mesmo, exceto para preparar comida. Ele prometeu, então, enviar uma mulher para cozinhar, para cuidar de minhas armas e forjar minha munição, o que acreditava ser essencial. Sugeri que talvez pudessem me trazer também algumas das cobertas de seda e peles que conquistara como espólio do combate, pois as noites eram frias e eu não trazia nenhuma comigo.

Ele prometeu fazê-lo e então partiu. Sozinho, subi o corredor espiralado até os andares superiores em busca de aposentos adequados. As belezas daquele outro edifício se repetiam neste e, como de costume, logo me perdi em um passeio de investigação e descobertas.

Finalmente, escolhi um quarto frontal no terceiro andar porque me deixava mais próximo de Dejah Thoris, cujo apartamento se localizava no segundo andar do edifício vizinho. Pensei que seria possível criar alguns meios de comunicação pelos quais ela poderia me chamar caso precisasse de meus serviços ou proteção.

Ao lado de meu apartamento-dormitório havia banheiras, armários e outros quartos e salas de estar. Ao todo, havia cerca de dez cômodos nesse andar. As janelas dos quartos dos fundos davam para um pátio enorme que formava o centro do quadrado criado pelos edifícios defronte às quatro ruas contíguas, que agora serviam de alojamento para os vários animais que pertenciam aos guerreiros que ocupavam os edifícios vizinhos.

Embora o pátio estivesse tomado pela vegetação amarela e musgosa que cobria quase toda a superfície de Marte, havia também numerosas fontes, estátuas, bancos e armações em pérgula que deviam ter testemunhado a beleza que esse pátio provavelmente apresentara em tempos passados, quando cuidado pelo povo sorridente e de cabelos claros a quem as inalteráveis e severas leis cósmicas haviam expulsado não somente de seus lares, mas de tudo o mais, exceto das vagas lendas de seus descendentes.

Era facilmente possível imaginar a belíssima folhagem da luxuriante vegetação marciana que um dia cobrira essa cena com vida e cor; as figuras graciosas de lindas mulheres, os homens elegantes e belos, os alegres grupos de crianças... toda a luz do sol, a felicidade e a paz. Era difícil aceitar que todos houvessem desaparecido, sugados por eras de trevas, crueldade e ignorância, até que seus instintos hereditários humanitários e sua cultura se elevassem uma vez mais na composição final daquela que agora é a raça dominante de Marte.

Meus pensamentos foram interrompidos pela chegada de várias jovens fêmeas carregando montes de armas, sedas, peles, joias, utensílios de cozinha e barris de comida e bebida, incluindo uma considerável quantidade de objetos pilhados da nave voadora. Tudo isso, parecia, era de propriedade dos dois líderes que eu havia matado e, agora, pelos costumes dos tharks, me pertencia. Sob meu comando elas colocaram os objetos em um dos quartos dos fundos e partiram, somente para retornar com um segundo carregamento, o qual me informaram constituir o restante de meus bens. Na segunda viagem, vieram acompanhadas por outras dez ou quinze mulheres e jovens que pareciam ser as comitivas dos dois líderes.

Elas não eram suas famílias, nem suas esposas ou servas. O relacionamento era peculiar e tão diferente de tudo que conhecemos que é bastante difícil descrever. Toda propriedade entre os marcianos verdes pertence a todos da comunidade, exceto as armas pessoais, os ornamentos e as cobertas de seda e peles de cada um. Somente sobre essas posses alguém pode reclamar seus direitos, mas não se pode acumular mais desses objetos do que o necessário para suas reais necessidades. Os excedentes são guardados apenas sob custódia e são passados adiante aos membros mais jovens da comunidade, conforme se faz necessário.

As mulheres e as crianças da comitiva de um homem podem ser comparadas a uma unidade militar pela qual ele é responsável de várias maneiras, incluindo questões como instrução, disciplina, sustento e exigências para sua contínua marcha e seus eternos conflitos com outras comunidades e com os marcianos vermelhos. Suas mulheres não são esposas. Os marcianos verdes não têm um termo que corresponda ao significado dessa palavra terráquea. Seu acasalamento é uma questão restrita aos interesses da comunidade e é gerenciado sem que se consulte a seleção natural. O conselho dos líderes de cada comunidade controla a questão com tanta atenção quanto o dono de cavalos de corrida de Kentucky gerencia a produção científica de seus animais para aprimorar todo o conjunto.

A teoria pode soar bem, como é comum quando se trata de teorias, mas os resultados de séculos dessa prática antinatural, aliados à decisão da comunidade de que o rebento seja mantido distante de uma figura materna, redundam em criaturas frias e cruéis, com uma existência soturna, desalmada e melancólica.

É verdade que os marcianos verdes são absolutamente virtuosos, tanto homens quanto mulheres, com exceção a degenerados como Tal Hajus. Mas seria preferível um equilíbrio mais delicado de características humanas, mesmo ao custo de uma ocasional e pequena perda de castidade.

Sabendo disso, era meu dever assumir responsabilidade por essas criaturas, quer eu quisesse ou não, e fiz o melhor que pude, indicando a elas seus quartos nos andares superiores e reservando o terceiro andar para mim. Encarreguei uma das garotas com os afazeres de uma simples refeição e dei ordens às demais para que retomassem as outras atividades que constituíam suas vocações primárias. Após isso, raramente as via, e pouco me importava.

CAPÍTULO XIII

Descobrindo o amor em Marte

Após a batalha com as naves voadoras, a comunidade permaneceu na cidade por vários dias, abandonando a marcha para casa até que pudesse se sentir razoavelmente segura de que os navios não retornariam. Ser atacado em campo aberto com uma caravana de carruagens e crianças estava longe de ser desejável, mesmo para um povo tão belicoso como os marcianos verdes.

Durante nosso período de inatividade, Tars Tarkas me havia instruído em muitos dos costumes e artes de guerra inerentes aos tharks, incluindo lições de como cavalgar e guiar as grandes bestas que levavam os guerreiros. Essas criaturas, conhecidas como thoats, são tão perigosas e traiçoeiras quanto seus mestres, mas quando domadas tornam-se suficientemente tratáveis para os propósitos dos marcianos verdes.

Dois desses animais haviam caído em minhas mãos, vindos dos guerreiros cujo metal agora eu vestia e, em um curto período de tempo, eu lidava com eles quase tão bem quanto os guerreiros nativos. O método não era nada complicado. Se os thoats não respondiam com rapidez suficiente às instruções telepáticas de seus cavaleiros, sofriam um terrível golpe entre as orelhas com a coronha de uma pistola e, se continuassem arredios, esse tratamento era continuado até que as feras se submetessem ou derrubassem seu ginete.

No último caso, era uma disputa de vida e morte entre o homem e o animal. Se o primeiro fosse rápido o bastante com sua pistola, ele poderia viver para cavalgar novamente, mas em outro animal. Se não, seu corpo despedaçado e mutilado era recolhido por suas mulheres e queimado, de acordo com os costumes tharkianos.

Minha experiência com Woola me incentivou a experimentar a gentileza no tratamento de meus thoats. Primeiro, ensinei-lhes que não poderiam me derrubar e até mesmo bati com força entre suas orelhas para imprimir neles minha autoridade e poder. Então, em etapas, ganhei sua confiança da mesma maneira que tinha conseguido inúmeras vezes com minhas muitas outras montarias terrestres. Sempre tive muita habilidade com animais e, por inclinação, assim como isso me trazia resultados mais duradouros e satisfatórios, sempre fui afável e humano no trato com os de ordens inferiores. Eu poderia, se necessário, tirar uma vida humana com muito menos remorso do que faria com a de um pobre animal irracional e irresponsável.

No decorrer de alguns dias, meus thoats eram a maravilha de toda a comunidade. Eles me seguiam feito cães, roçando seus grandes focinhos contra meu corpo em uma desajeitada demonstração de afeto. Respondiam a todos os meus comandos com uma diligência e uma docilidade que faziam com que os guerreiros marcianos me atribuíssem um poder terráqueo especial, desconhecido em Marte.

– Como você os enfeitiçou? – perguntou Tars Tarkas numa tarde, quando me viu colocar meu braço entre as grandes mandíbulas de um de meus thoats, que havia prendido um pedaço de pedra entre dois de seus dentes quando estava pastando a vegetação musgosa de nosso pátio.

– Sendo gentil – respondi. – Sabe, Tars Tarkas, os sentimentos mais delicados têm seu valor, até mesmo para um guerreiro. No calor de uma batalha, assim como durante uma marcha, sei que meus thoats obedecerão a cada comando meu e, portanto, minha eficiência em combate será maior. E serei um guerreiro melhor porque sou um senhor gentil. Seus outros guerreiros tirariam vantagem, assim como a comunidade toda, se adotassem meus métodos nesse assunto. Apenas alguns dias atrás, você mesmo me disse que essas grandes feras, pela instabilidade de seu temperamento, eram responsáveis por transformar vitórias em derrotas, uma vez que, em um momento crucial, poderiam decidir derrubar e destroçar seus cavaleiros.

– Mostre-me como conseguiu esses resultados – foi a única resposta de Tars Tarkas.

Então expliquei tão cuidadosamente quanto possível todo o método de treinamento adotado com meus animais e, depois, ele me fez repetir tudo diante de Lorquas Ptomel e dos guerreiros reunidos. Aquele momento marcou o começo de uma nova existência para os pobres thoats e, antes que eu deixasse a comunidade de Lorquas Ptomel, tive a satisfação de presenciar um regimento de montarias tão tratáveis e dóceis quanto possível. O efeito da precisão e da rapidez nos movimentos militares era tão eloquente que Lorquas Ptomel me presenteou com uma gigantesca tornozeleira de sua própria indumentária em sinal de apreço por meu serviço à sua horda.

No sétimo dia após a batalha com as naves voadoras, retomamos a marcha em direção a Thark. Qualquer possibilidade de outro ataque foi considerada remota por Lorquas Ptomel.

Durante os dias imediatamente anteriores à nossa partida, vi Dejah Thoris poucas vezes, por estar sempre muito ocupado com Tars Tarkas tomando lições sobre a arte marciana da guerra, assim como treinando meus thoats. Nas poucas vezes que visitei seus alojamentos, ela não estava, tendo saído para caminhar pelas ruas com Sola ou investigando as construções nos arredores da praça. Eu as havia avisado dos perigos de se aventurar longe da praça, temendo os grandes macacos albinos com cuja ferocidade eu estava por demais familiarizado. Contudo, uma vez que Woola as acompanhava em todas as suas excursões e Sola estava bem armada, havia relativamente pouco motivo para preocupação.

Na noite anterior à nossa partida, eu as vi se aproximando por uma das grandes avenidas que levavam à praça pelo leste. Adiantei-me para encontrá-las, comunicando a Sola que agora eu me responsabilizaria pela guarda de Dejah Thoris e pedi que retornasse aos seus aposentos para algumas tarefas triviais. Eu gostava de Sola e confiava nela, mas, por alguma razão, queria ficar sozinho com Dejah Thoris, que representava para mim toda a companhia prazerosa e agradável que eu havia deixado na Terra. Esses laços pareciam ser recíprocos, tão poderosos como se tivéssemos nascido sob o mesmo teto em vez de em planetas diferentes, separados por setenta e sete milhões de quilômetros de distância.

Eu tinha certeza de que ela compartilhava esses sentimentos comigo porque, quando me aproximei, seu olhar de desalento abandonou seu semblante para ser substituído por um sorriso jovial de boas-vindas, enquanto ela colocava sua pequenina mão direita em meu ombro esquerdo, em uma típica saudação dos marcianos vermelhos.

– Sarkoja disse a Sola que você se tornou um legítimo thark – ela disse. – E que agora eu não o veria mais do que vejo os outros guerreiros.

– Sarkoja é uma mentirosa de primeira grandeza, que contraria a alegação dos tharks de que são absolutamente verdadeiros – respondi.

Dejah Thoris riu.

– Eu sabia que, mesmo que se tornasse um membro da comunidade, você não deixaria de ser meu amigo. "Um guerreiro pode trocar seu metal, mas não seu coração", é o que dizem em Barsoom.

– Acho que estão tentando nos manter separados – ela continuou –, pois sempre que você estava de folga, uma das mulheres mais velhas da comitiva de Tars Tarkas arranjava alguma desculpa para mandar Sola e eu para longe dali. Elas me despachavam para os fossos subterrâneos dos prédios para ajudá-las a misturar seu detestável pó de rádio[*] e fazer seus terríveis projéteis. Sabia que eles têm de ser fabricados sob iluminação artificial porque a luz do sol faz com que explodam? Já percebeu que suas

---

[*] Usei o termo "rádio" porque, à luz das recentes descobertas na Terra, imagino ser esse elemento químico a base do pó explosivo. Em seu manuscrito, o Capitão Carter sempre menciona o nome do composto na linguagem escrita de Helium, em que é grafado em hieróglifos de difícil, além de inútil, reprodução. [Nota do Autor.]

balas sempre explodem quando atingem um objeto? Sua cobertura externa opaca se quebra no impacto, expondo um cilindro de vidro quase maciço na ponta da frente, onde há uma pequena partícula de pó de rádio. No momento em que a luz, mesmo que difusa, atinge o pó, elas explodem com uma violência arrasadora. Se um dia você testemunhar uma batalha noturna, perceberá a ausência dessas explosões, mas a manhã seguinte à batalha será preenchida pelo som das detonações dos projéteis explosivos lançados na noite anterior. Via de regra utilizam-se projéteis sem explosivos à noite.

Mesmo estando muito interessado na explicação de Dejah Thoris sobre esse acessório do arsenal marciano, eu estava mais preocupado com o problema imediato do tratamento que dispensavam a ela. O fato de estarem-na mantendo longe de mim não era surpresa, mas o fato de que a estavam sujeitando a um trabalho perigoso e árduo me enfureceu.

– Você foi sujeitada por elas a crueldade e afronta, Dejah Thoris? – perguntei, sentindo o sangue quente de meus ancestrais pulsar em minhas veias enquanto aguardava sua resposta.

– Apenas um pouco, John Carter – ela respondeu. – Nada pode me ferir além de meu orgulho. Elas sabem que sou filha de dez mil jeddaks, que minha linha ancestral retrocede diretamente e sem interrupção ao construtor do primeiro aqueduto, e elas, que sequer conheceram suas próprias mães, me invejam. No fundo, odeiam suas sinas horríveis e então descarregam seu pobre despeito sobre mim, que significo tudo o que elas não possuem, tudo o que almejam, mas que não podem alcançar. Tenhamos misericórdia delas, meu líder, porque, mesmo se morrermos em suas mãos, podemos lastimá-las, já que somos maiores que elas. E elas sabem.

Tivesse eu sabido a importância dessas palavras, "meu líder", quando ditas por uma mulher marciana vermelha a um homem, teria tido a maior surpresa de minha vida. Mas naquele momento eu não sabia, e nem saberia por meses a fio. Sim, eu ainda tinha muito a aprender sobre Barsoom.

– Presumo ser mais sábio nos curvarmos perante nosso destino com tanta graça quanto possível, Dejah Thoris. Mas espero, no entanto, que eu esteja presente na próxima vez que qualquer marciano, seja verde, vermelho, rosa ou violeta, ouse ao menos franzir as sobrancelhas para você, minha princesa.

Dejah Thoris perdeu o fôlego com minhas últimas palavras e me fitou com olhos dilatados e respiração acelerada. Então, com um sorrisinho estranho que marcou provocantes covinhas nos cantos de sua boca, ela balançou a cabeça e exclamou:

– Que criancinha! Um grande guerreiro, mas, ainda assim, nem aprendeu a andar.

– O que foi que eu fiz agora? – perguntei, bastante perplexo.

– Algum dia você descobrirá, John Carter, se sobrevivermos. Mas não serei eu a contar. E eu, filha de Mors Kajak, filho de Tardos Mors, ouvi sem raiva – disse para si mesma, ao concluir.

Entao, ela voltou mais uma vez a um de seus alegres, felizes e sorridentes humores, brincando comigo sobre minha destreza como guerreiro thark em contraste com meu coração puro e minha cordialidade natural.

– Presumo que, se ferisse um inimigo acidentalmente, você o levaria para casa e cuidaria dele até que sarasse – ela riu.

– É exatamente isso que fazemos na Terra – respondi. – Pelo menos entre os homens civilizados.

Isso a fez sorrir novamente. Ela não podia entender, porque, mesmo com toda a sua ternura e doçura feminina, ainda era uma marciana e, para um marciano, o único bom inimigo é o inimigo morto, pois cada adversário morto significa muito mais a ser repartido entre aqueles que vivem.

Eu estava bastante curioso para saber o que havia dito ou feito para causar tanta perturbação momentos antes, e continuei a importuná-la para que explicasse.

– Não! – ela exclamou. – Já basta o que você disse e o que eu ouvi. Quando você aprender, John Carter, e se eu estiver morta, como é provável que aconteça antes que a lua mais distante tenha orbitado Barsoom mais doze vezes, lembre que eu ouvi isso e que eu... sorri.

Tudo aquilo era grego para mim, mas quanto mais eu implorava para que ela explicasse, mais assertivas se tornavam suas recusas ao meu pedido e, assim, em grande desesperança, desisti.

O dia agora havia dado lugar à noite, e, enquanto vagávamos pela grande avenida iluminada pelas duas luas de Barsoom, com a Terra nos olhando através de seu brilhante olho verde, parecia que não estávamos sozinhos no universo, e eu, pelo menos, estava contente de que assim fosse.

O frio da noite marciana caiu sobre nós e, tirando minhas sedas, joguei-as sobre os ombros de Dejah Thoris.

Enquanto meu braço repousou por um instante sobre ela, senti um arrepio passar por cada fibra de meu ser, algo que nenhum contato com qualquer outro ser humano jamais me havia causado. E me pareceu que ela se curvou levemente em minha direção, mas disso não tenho certeza. A única coisa que sei é que meu braço descansou sobre seus ombros mais tempo do que o necessário, e ela não se esquivou nem falou. Assim, em silêncio, caminhamos pela superfície de um mundo agonizante, mas ao menos no peito de um de nós havia brotado o mais antigo sentimento, ainda que sempre novo.

Eu amava Dejah Thoris. O toque de meu braço sobre seu ombro nu me havia dito em palavras inconfundíveis, e eu soube que já a amava desde o primeiro momento em que meus olhos encontraram os dela, naquela primeira vez na praça da cidade abandonada de Korad.

CAPÍTULO XIV

Um duelo até a morte

Meu primeiro impulso foi contar a ela sobre meu amor e, então, pensei em sua posição de cativa desamparada, cujo fardo somente eu poderia aliviar, protegendo-a com meus parcos meios dos milhares de inimigos hereditários que ela teria de encarar em sua chegada a Thark. Eu não poderia permitir que o acaso lhe trouxesse ainda mais dor e sofrimento ao declarar meu amor, ao qual, com quase absoluta certeza, ela não corresponderia. Se eu fosse inconveniente a tal ponto, sua posição seria ainda mais insuportável do que a atual, e pensei que ela poderia achar que eu estava me aproveitando de seu desamparo para influenciar sua decisão. Assim, esse argumento final selou meus lábios.

– Por que está tão quieta, Dejah Thoris? – perguntei. – Talvez queira retornar a Sola e ao seu alojamento?

– Não – ela murmurou. – Estou feliz aqui. Não sei por que eu deveria estar sempre feliz e contente enquanto você, John Carter, um estranho, está comigo. Em momentos como este parece que estou segura e que, com você, devo retornar logo à corte de meu pai e sentir seus fortes braços em minha volta, e as lágrimas e beijos de minha mãe em minha face.

– Então as pessoas se beijam em Barsoom? – perguntei quando ela explicou a palavra que usou, respondendo à minha pergunta sobre o significado.

– Sim. Pais, irmãos e irmãs. E... – ela adicionou em um tom baixo e pensativo – amantes.

– E você, Dejah Thoris, tem pais, irmãos e irmãs?

– Sim.

– E um... amante?

Ela ficou calada, e eu não podia me arriscar a repetir a pergunta.

– Os homens de Barsoom – finalmente ela respondeu – não fazem perguntas pessoais às mulheres, exceto a suas mães e à mulher pela qual ele lutou e venceu.

– Mas eu lutei... – comecei, e então desejei que minha língua tivesse sido arrancada de minha boca, porque ela se virou mesmo quando me contive e, retirando minhas sedas de seu ombro, as estendeu de volta para mim. Sem dizer nenhuma palavra e mantendo a cabeça altiva, foi-se na direção da praça e do portal de seu dormitório com a postura da rainha que personificava.

Não tentei segui-la e, em vez de me certificar de que havia chegado ao edifício em segurança, ordenei que Woola a acompanhasse. Voltei-me, desconsolado, e entrei em minha casa. Sentei por horas com as pernas cruzadas sobre minhas sedas, com os sentimentos confusos, meditando sobre as estranhas peças que o destino nos prega, pobres e malditos mortais.

Então, isso era o amor! Eu havia escapado dele através dos anos em que vagara pelos cinco continentes e os mares que os cercam. Apesar das belíssimas mulheres e de oportunidades insistentes, apesar de desejar parcialmente o amor e de procurar constantemente meu ideal, foi-me reservado me apaixonar furiosa e irremediavelmente por uma criatura de outro mundo, de uma espécie similar, porém diferente da minha. Uma mulher que nascera de um ovo e cuja vida talvez chegasse a mil anos, cujo povo tinha estranhos costumes e ideias. Uma mulher cujas esperanças, cujos prazeres, cujos padrões de virtude – e de certo e errado – diferiam tanto dos meus quanto dos marcianos verdes.

Sim, fui um tolo, mas estava apaixonado e, mesmo passando pelo maior sofrimento que já havia conhecido, não a trocaria nem por todas as riquezas de Barsoom. Assim é o amor e assim são os amantes em qualquer lugar onde o amor é conhecido.

Para mim, Dejah Thoris era toda perfeita: virtuosa, bela, nobre e bondosa. Acreditava nisso do fundo de meu coração, das profundezas de minha alma. Pensava nisso naquela noite em Korad, enquanto me sentava de pernas cruzadas sobre minhas sedas e a lua mais próxima de Barsoom se apressava pelo céu, vinda do oeste em direção ao horizonte, refletindo o ouro, o mármore e os mosaicos de minha câmara imemorial. Acredito nisso ainda hoje, sentado à mesa em meu pequeno estúdio com vista para o Hudson. Vinte anos se passaram; dez deles lutando por Dejah Thoris e por seu povo, e outros dez vivendo das memórias que tenho dela.

A manhã de nossa partida para Thark se abriu clara e quente, como todas as manhãs marcianas, exceto pelas seis semanas quando a neve derrete nos polos.

Procurei por Dejah Thoris na multidão de carruagens partindo, mas ela me ignorou e pude ver o sangue vermelho corar suas faces. Com a inconsistência tola do amor, mantive o controle quando podia ter alegado ignorância quanto à natureza de minha ofensa, ou pelo menos de sua gravidade, e então ter conseguido, pelo menos, alguma conciliação.

Meu dever ordenava que eu cuidasse para que ela estivesse confortável. Passei em vistoria por sua carruagem e rearranjei suas sedas e peles. Ao fazer isso, notei com pavor que ela havia sido acorrentada fortemente ao lado do veículo por seu tornozelo.

– O que significa isto? – gritei, virando-me para Sola.

– Sarkoja achou melhor – ela respondeu, seu rosto sinalizando desaprovação ao procedimento.

Ao examinar os grilhões, vi que estavam presos por um pesado cadeado.

– Onde está a chave, Sola? Por favor, me entregue.

– Está com Sarkoja, John Carter – ela respondeu.

Voltei-me sem dizer palavra e fui em busca de Tars Tarkas, a quem me opus com veemência quanto às humilhações e crueldades desnecessárias – pelo menos aos meus olhos apaixonados – impostas a Dejah Thoris.

– John Carter – ele respondeu –, se você e Dejah Thoris terão alguma chance de fuga, será nessa jornada. Sabemos que você não irá sem ela. Você se mostrou um poderoso lutador e não desejamos acorrentá-lo, portanto controlamos ambos do modo mais fácil que nos garantirá segurança. Tenho dito.

Senti a força de sua retórica rapidamente e soube ser inútil apelar de sua decisão. Mas pedi que a chave fosse retirada de Sarkoja e que ordenassem que deixasse a prisioneira em paz no futuro.

– Isso, Tars Tarkas, você deve me retribuir pela amizade que, devo confessar, sinto por você.

– Amizade? – ele replicou. – Isso não existe, John Carter, mas concederei seu pedido. Ordenarei que Sarkoja pare de aborrecer a garota e eu mesmo tomarei a chave sob minha custódia.

– Exceto se quiser que eu assuma a responsabilidade – eu disse sorrindo.

Ele me olhou longa e seriamente antes de falar:

– Se me der sua palavra de que nem você nem Dejah Thoris tentarão escapar até que tenhamos chegado em segurança à corte de Tal Hajus, poderá ficar com a chave e jogar as correntes no Rio Iss.

– Seria melhor você guardar a chave, Tars Tarkas – respondi.

Ele sorriu e não falou mais, mas naquela noite, quando estávamos montando o acampamento, eu o vi desacorrentando Dejah Thoris.

Apesar de toda a sua cruel ferocidade e frieza, havia alguma influência oculta em Tars Tarkas que ele parecia estar sempre tentando subjugar. Seria isso um vestígio de algum instinto humano recorrente de algum antigo ancestral que o assombra com o horror dos costumes de seu povo?

Quando estava me aproximando da carruagem de Dejah Thoris, passei por Sarkoja e o olhar negro e perverso que me dispensou foi o bálsamo mais doce que eu havia sentido nas últimas horas. Senhor, ela me odiava! O ódio emanava dela de forma tão palpável que quase era possível cortá-lo com uma espada.

Alguns momentos depois eu a vi em atenta conversa com um guerreiro chamado Zad, um grande, maciço e poderoso bruto, mas que nunca havia matado nenhum de seus líderes e, portanto, não tinha um segundo nome. Era esse costume que havia me conferido os nomes dos chefes que eu havia matado. Na verdade, alguns guerreiros se dirigiam a mim como Dotar Sojat, uma combinação dos sobrenomes dos dois líderes guerreiros cujo metal eu havia tomado ou, em outras palavras, que eu havia derrotado em luta justa.

Enquanto Sarkoja falava com Zad, ele dirigia olhares ocasionais em minha direção, e parecia que ela o incitava com veemência a executar algum ato. Não prestei muita atenção a isso naquela hora, mas no dia seguinte eu teria boas razões para me lembrar das circunstâncias e, ao mesmo tempo, ter um breve vislumbre de quanto ódio Sarkoja guardava – e quão longe ela seria capaz de chegar para liberar sua malévola vingança sobre mim.

Dejah Thoris não se importou mais comigo por toda a tarde e, mesmo quando eu chamava seu nome, ela não respondia nem demonstrava mais do que um tremor de sua pálpebra quando notava minha existência. De minha parte, fiz o que a maioria dos apaixonados faria: saber como ela estava por meio de alguém próximo. Por essa razão, intercepei Sola em outra parte.

– Qual é o problema com Dejah Thoris? – desabafei. – Ela não quer falar comigo?

Sola pareceu ficar confusa também, pois essas estranhas ações por parte de dois humanos realmente estavam além de sua compreensão, pobre coitada.

– Ela disse que você a enfureceu, e isso é tudo. Exceto que ela é filha de um jed e neta de um jeddak e que foi humilhada por uma criatura que não é digna de limpar os dentes do sorak de sua avó.

Ponderei sobre o relato por algum tempo e, então, finalmente perguntei:

– E o que seria um sorak, Sola?

– Um bichinho vermelho, do tamanho de minha mão, que as mulheres marcianas têm como animal de estimação – explicou Sola.

Indigno de polir os dentes do gato da sua avó! "Devo estar muito mal colocado na lista de considerações de Dejah Thoris", pensei, mas não pude deixar de gargalhar perante uma figura de linguagem tão estranha, tão domiciliar e, por isso mesmo, tão terrena. Isso me deixou com saudades de casa, porque soou muito como "não é digno de engraxar seus sapatos". A partir disso, embarquei em um raciocínio novo para mim. Comecei a me perguntar o que as pessoas estariam fazendo em casa. Eu já não as via fazia anos. Havia a família dos Carter, na Virgínia, que diziam ter parentesco próximo comigo, dos quais eu supostamente era um tio-avô ou alguma besteira do tipo. Eu podia me passar por alguém de 25 ou 30 anos, e ser um tio-avô sempre me pareceu muito incongruente porque meus pensamentos e sentimentos eram os mesmos de um garoto. Havia duas pequenas crianças na família Carter que eu amava e que pensavam não haver ninguém parecido com o tio Jack na face da Terra. Eu podia vê-los claramente enquanto ficava parado sob o céu enluarado de Barsoom, e sentia sua falta como nunca tinha sentido de mortal algum antes. Errante por natureza, nunca havia conhecido o real significado da palavra "lar", mas o casarão dos Carter sempre significou tudo o que aquela palavra me dizia, e agora meu coração estava voltado para ela, fugindo das pessoas hostis entre as quais havia sido arremessado.

Pois, agora, até mesmo Dejah Thoris me desprezava! Eu era uma criatura inferior, tão baixa que não servia sequer para limpar os dentes do gato de sua avó. Então, meu senso de humor veio me salvar. Ri, me cobri com minhas sedas e peles e dormi, sobre o chão varrido pela lua, o sono pesado e revigorante de um guerreiro.

Desfizemos o acampamento logo nas primeiras horas do dia seguinte e marchamos até escurecer, fazendo apenas uma parada. Dois incidentes quebraram a tranquilidade da marcha. Perto do meio-dia, enxergamos a boa distância o que era evidentemente uma incubadora, e Lorquas Ptomel ordenou que Tars Tarkas investigasse. Este último reuniu uma dúzia de guerreiros, eu incluído, e cavalgamos pelo carpete aveludado de musgo até a pequena área cercada.

Era de fato uma incubadora, mas os ovos eram muito pequenos em comparação com aqueles que vi eclodindo da primeira vez, quando de minha chegada a Marte.

Tars Tarkas desmontou e examinou detidamente o cercado por alguns minutos até anunciar que era de propriedade dos homens verdes de Warhoon, e que o cimento ainda estava um pouco fresco onde haviam levantado as paredes.

– Não podem estar a mais de um dia à nossa frente – exclamou, com as faíscas da batalha saltando de seu rosto.

O trabalho na incubadora foi rápido. Os guerreiros derrubaram a entrada para que um par deles, rastejando para dentro, destruísse todos os ovos com suas espadas curtas. Após montarmos novamente, nos apressamos para alcançar a caravana. Durante a cavalgada aproveitei a ocasião e perguntei a Tars Tarkas se esses warhoons cujos ovos havíamos destruído eram um povo menor do que os tharks.

– Notei que os ovos são muito menores do que os que vi eclodindo em sua incubadora – adicionei.

Ele explicou que os ovos haviam acabado de ser postos ali, mas que, como todos os ovos de marcianos verdes, eles cresceriam durante seu período de cinco anos de incubação até alcançar o tamanho dos que vi quando de minha chegada a Barsoom. Isso era realmente uma informação interessante, porque sempre me parecera notável que as mulheres marcianas, mesmo sendo tão grandes, pudessem produzir ovos enormes dos quais eu vi os infantes de mais de um metro de altura emergindo. Na verdade, o ovo recém-botado é pouco maior do que um ovo de ganso comum. Dessa forma, eles não começam a crescer até que sejam expostos à luz do sol, facilitando o transporte de várias centenas deles de uma só vez quando os líderes os levam das cavernas até as incubadoras.

Pouco depois do incidente com os ovos dos warhoons, paramos para descansar os animais. E foi durante essa parada que ocorreu o segundo dos episódios interessantes daquele dia. Eu estava ocupado em trocar de montaria para poupar um de meus thoats quando Zad se aproximou e, sem dizer nenhuma palavra, desferiu um terrível golpe com sua espada longa em meu animal.

Não precisei de um manual de etiqueta dos marcianos verdes para saber como responder. Na verdade, estava tão cego de raiva que tive de me controlar para não sacar minha pistola e abatê-lo por sua imensa brutalidade. Mas ele ficou esperando com a espada longa em punho, deixando-me como única opção desembainhar minha espada e enfrentá-lo em luta franca com a arma de sua escolha ou outra inferior.

Essa última alternativa é sempre permitida, portanto eu podia usar minha espada curta, minha adaga, minha machadinha ou meus punhos, se quisesse, continuando assim completamente dentro do meu direito. Mas eu não poderia usar armas de fogo ou uma lança enquanto ele brandia apenas sua espada longa.

Escolhi a mesma arma que Zad havia sacado, pois sabia que ele se orgulhava de sua habilidade em manejá-la. Queria derrotá-lo com sua própria arma. A luta que se seguiu foi longa e atrasou a marcha por uma hora. Toda a comunidade nos cercou, reservando um espaço livre de trinta metros de diâmetro para nossa batalha.

Primeiro, Zad tentou me derrubar como um boi faz com um lobo, mas eu era rápido demais para ele e, cada vez que eu me desviava de suas investidas, ele passava reto por mim apenas para receber um corte de minha espada em seu braço ou nas costas. Logo ele estava perdendo sangue pela meia dúzia de seus ferimentos, mas eu não conseguia uma chance de desferir um golpe efetivo. Então ele mudou sua tática e, lutando cuidadosamente e com extrema habilidade, tentou pela ciência o que lhe era impossível pela força bruta. Devo admitir que ele era um magnífico espadachim e que, não fosse por minha grande resistência e notável agilidade, devida à menor gravidade que Marte me permitia, talvez eu não fosse capaz de enfrentá-lo da forma louvável como fiz.

Nós nos cercamos por algum tempo, sem muitos danos para ambos os lados. As espadas longas, retas e finas como agulhas brilhavam sob o sol e ressoavam pelo silêncio quando colidiam a cada defesa correta. Finalmente, Zad, percebendo que estava se cansando mais do que eu, tomou a decisão evidente de se aproximar e encerrar o combate, clamando para si os louros da vitória. Exatamente quando ele se lançou sobre mim, um raio de luz atingiu meus olhos, fazendo com que eu não enxergasse sua aproximação e não pudesse fazer nada além de saltar às cegas para um dos lados, em uma tentativa de escapar da poderosa lâmina que eu já parecia sentir em meus órgãos. Fui apenas parcialmente feliz na tentativa, pois senti uma dor aguda em meu ombro esquerdo e, quando varri à minha volta com os olhos, tentando localizar meu adversário, minha vista encontrou uma cena surpreendente que compensou o ferimento que a cegueira temporária havia me causado. Longe, sobre a carruagem de Dejah Thoris, havia três figuras em pé, com o propósito claro de assistir ao embate acima das cabeças dos tharks que se interpunham no caminho. Ali estavam Dejah Thoris, Sola e Sarkoja, e quando meu olhar ligeiramente passou por elas, uma pequena placa se destacou, um objeto que ficará gravado em minha memória até o dia de minha morte.

Quando olhei, Dejah Thoris se voltou para Sarkoja com a fúria de uma jovem tigresa e atingiu algo em sua mão levantada. Algo que brilhou ao sol enquanto rodopiava em direção ao chão. Então descobri o que havia me cegado no momento crucial da luta e como Sarkoja havia encontrado um meio de me matar sem que ela mesma desferisse a estocada fatal. Outra coisa que percebi e que quase me fez perder a vida, porque desviou minha mente por uma fração de segundo de meu antagonista, foi, logo após Dejah Thoris derrubar o pequeno espelho de sua mão, Sarkoja, com a face lívida de ódio e raivosa frustração, brandir sua adaga e mirar um terrível golpe em Dejah Thoris. A última coisa que vi foi a grande faca descendo sobre seu protetor peitoral.

Meu inimigo havia se recuperado de sua investida e estava tornando as coisas complicadas para mim, então relutantemente desviei minha atenção para a tarefa que tinha pela frente, mesmo com minha mente fora da batalha.

Atacamos-nos furiosamente vez após outra até que, repentinamente, sentindo a ponta de sua lâmina afiada em meu peito com um golpe do qual seria impossível de desviar ou escapar, joguei-me sobre ele com a espada estendida e todo o peso do meu corpo, determinando que eu não morreria sozinho se pudesse evitar. Senti o aço rasgar meu peito e tudo fez-se negro à minha frente. Minha cabeça rodopiava, zonza, e senti meus joelhos dobrarem.

CAPÍTULO XV

Sola me conta sua história

Quando recobrei a consciência, logo descobri que havia ficado desmaiado apenas por um momento. Levantei-me rapidamente com um salto procurando por minha espada, que encontrei enterrada até o cabo no peito verde de Zad, que jazia duro como pedra sobre o musgo ocre do antigo fundo do mar. Ao recobrar meus sentidos, encontrei sua arma trespassada do lado esquerdo de meu peito, mas cortando somente a pele e os músculos que cobrem minhas costelas, entrando perto do centro do peito e saindo logo abaixo do ombro. Quando me arremessei, torci-me tanto que sua espada somente passou debaixo dos músculos, infligindo um doloroso, porém inofensivo, ferimento.

Retirando a lâmina do corpo, me recompus e dei as costas para aquela horrível carcaça. Eu estava fatigado, dolorido e nauseado enquanto ia na direção das carruagens que carregavam minha comitiva e meus pertences. Um murmúrio de aplausos marcianos me saudou, mas não me importei com aquilo.

Sangrando e fraco, alcancei minhas fêmeas que, acostumadas com tais ocorrências, fizeram meus curativos aplicando incríveis agentes medicinais e remédios que só não curam os golpes mais fatais. Dê a chance a uma mulher marciana e a morte terá de esperar sentada. Logo, elas me enfaixaram e, assim, excetuando a fraqueza causada pela perda de sangue e um pouco de dor na região do ferimento, não sofri maior agonia em virtude desse golpe que, sob tratamento terráqueo, sem dúvida me deixaria de cama por dias.

Assim que haviam terminado seu serviço em mim, apressei-me a ir à carruagem de Dejah Thoris, onde encontrei a pobre Sola com seu peito envolvido em bandagens, mas aparentemente era um dano mínimo provocado por seu confronto com Sarkoja, cuja adaga pareceu ter atingido a borda de um dos ornamentos peitorais de metal e, ao desviar, causara apenas um leve ferimento.

Ao me aproximar, encontrei Dejah Thoris deitada de bruços sobre suas sedas e peles, sua forma flexível tremendo pelo choro. Ela não notou minha presença nem sequer me ouviu falando com Sola, que estava parada a uma curta distância do veículo.

– Ela está ferida? – perguntei a Sola, indicando Dejah Thoris com uma inclinação de cabeça.

– Não – ela respondeu. – Ela acha que você está morto.

– E que agora o gato de sua avó não tem mais ninguém para limpar seus dentes? – indaguei com um sorriso.

– Acho que você está sendo injusto com ela, John Carter – disse Sola. – Não entendo os modos de nenhum de vocês, mas tenho certeza de que a neta de dez mil jeddaks não lamentaria dessa maneira por alguém que não estivesse em um alto posto entre seus afetos. Eles são uma raça orgulhosa, mas são justos, assim como todos os barsoomianos, e você deve tê-la ferido ou injustiçado agudamente para que ela não admitisse que você continuasse vivo, embora lamente sua morte.

– Lágrimas são uma visão rara em Barsoom – ela continuou –, e para mim é difícil interpretá-las. Vi apenas duas pessoas chorando em minha vida, além de Dejah Thoris. Uma chorou de tristeza. Outra, por raiva descontrolada. A primeira foi minha mãe, alguns anos antes que a matassem. A outra foi Sarkoja, quando tiraram a adaga de suas mãos hoje.

– Sua mãe! – exclamei. – Mas, Sola, você não podia ter conhecido sua mãe, garota!

– Mas conheci. E meu pai também – ela completou. – Caso queira ouvir uma rara história nada barsoomiana, venha à minha carruagem hoje à noite, John Carter, e contarei a você aquilo que nunca contei a ninguém em toda a minha vida. E agora o sinal foi dado para que retomemos a marcha. Você deve ir.

– Virei à noite, Sola – prometi. – Não esqueça de dizer a Dejah Thoris que estou vivo e bem. Não vou importuná-la agora, mas certifique-se de que não fique sabendo que vi suas lágrimas. Se ela quiser falar comigo, nada me resta senão esperar por seu desejo.

Sola subiu na carruagem, que já estava se movimentando para seu lugar na fila, e eu me apressei para o thoat que me esperava e galopei até meu posto junto a Tars Tarkas, na retaguarda da coluna.

Criamos um espetáculo dos mais majestosos e imponentes ao nos espalharmos pela paisagem amarela. As duzentas e cinquenta carruagens ornadas e de colorido brilhante, precedidas por uma guarda avançada de cerca de duzentos guerreiros e líderes, cavalgando em linhas de cinco distantes aproximadamente cem metros entre si, seguidos por outros tantos na mesma formação em grupos de vinte ou mais, compondo as alas laterais. Os cinquenta mastodontes adicionais, bestas de tração pesada conhecidas como zitidars, e os quinhentos ou seiscentos thoats sobressalentes corriam livres dentro do quadrado vazio desenhado pelos guerreiros em formação. O metal resplandecente e as joias dos belíssimos ornamentos de homens e mulheres, duplicados nos paramentos dos zitidars e thoats, entremeados pelos brilhos das cores das magníficas sedas, peles e penas, emprestavam tal esplendor à caravana que teria feito um marajá do leste da Índia ficar verde de inveja.

As enormes e largas rodas das carruagens e as patas estofadas dos animais não produziam som ao tocar o fundo do mar recoberto de musgo. E assim nos movíamos, em extremo silêncio, como uma gigantesca assombração, exceto quando a quietude era quebrada pelo grunhido gutural de um zitidar incitado ou pelos berros de thoats brigando. Os marcianos verdes conversam muito pouco e, quase sempre, com a voz baixa em monossílabos, o que cria algo parecido com um leve e distante trovoar.

Cruzamos uma vastidão de musgo virgem que, após se curvar sob a pressão das rodas largas ou das patas estofadas, se levantava novamente atrás de nós, não deixando nenhum sinal de que havíamos passado. Na verdade, éramos como espectros caminhando sobre o mar morto daquele planeta, sem deixar para trás nenhum som ou pegadas de nossa passagem. Era a primeira marcha de uma grande quantidade de homens e animais que eu presenciava e que não levantava pó nem deixava rastros. Não há poeira em Marte, exceto nas regiões cultivadas durante os meses do inverno e, mesmo assim, a ausência de ventos fortes a torna praticamente imperceptível.

Naquela noite acampamos no sopé das colinas que havíamos avistado dois dias antes e que marcavam a fronteira ao sul do mar que citei. Nossos animais estavam sem beber havia dois dias – e sem água já há quase dois meses, logo após terem deixado Thark. Mas, como Tars Tarkas me explicou, eles precisam de poucos recursos e podem viver quase indefinidamente apenas alimentando-se com o musgo que cobre Barsoom e que guarda em seus finos caules umidade suficiente para atender às limitadas demandas dos animais.

Após participar de uma refeição noturna feita de uma comida parecida com queijo e leite vegetal, procurei por Sola, a quem encontrei trabalhando em ornamentos para Tars Tarkas à luz de uma tocha. Ela olhou para cima em minha direção e sua face se iluminou de prazer, dando-me boas-vindas.

– Fico feliz que tenha vindo – ela disse. – Dejah Thoris dorme e eu estou sozinha. Meu próprio povo não se importa comigo, John Carter, pois sou muito diferente deles. É uma triste sina, uma vez que devo viver minha vida entre eles; às vezes, queria ser uma genuína mulher marciana verde, desprovida de amor ou esperança. Mas conheci o amor, e por isso estou perdida.

– Prometo lhe contar minha história, ou melhor, a história de meus pais – Sola prosseguiu. Pelo que aprendi sobre você e os costumes de seu povo, estou certa de que essa narrativa não lhe parecerá estranha, mas entre os marcianos verdes não existe nada similar nem na memória dos mais idosos indivíduos de Thark, nem nossas lendas têm narrativas similares.

"Minha mãe era bem pequena. Na verdade, pequena demais para que lhe permitissem as responsabilidades da maternidade, uma vez que nossos líderes procriam principalmente pelo tamanho. Ela também era menos fria e cruel do que a maioria das outras mulheres marcianas e se importava pouco com a companhia delas. Eventualmente, vagava pelas avenidas desertas de Thark sozinha ou sentava-se entre as flores silvestres que enfeitam as colinas próximas, pensando pensamentos e desejando desejos que, acredito, sou a única dentre as mulheres de Thark que pode entender. Afinal, não sou filha de minha mãe?

"E ali, entre as colinas, ela encontrou um jovem guerreiro cuja tarefa era guardar os zitidars e thoats enquanto pastavam, para que não fossem além das montanhas. Eles conversavam, a princípio, somente sobre as coisas que interessavam à comunidade dos tharks, mas gradualmente, conforme foram se encontrando mais vezes – depois tornou-se evidente que tais encontros não eram mais obra do acaso –, passaram a falar de si mesmos, de seus gostos, ambições e esperanças. Ela confiou nele e confessou a grande repugnância que sentia pelas crueldades de sua espécie por causa da vida abominável e sem amor que eram obrigados a viver. E assim esperou que uma tempestade delatora se despejasse dos lábios frios e rudes dele. Mas, em vez disso, ele a tomou nos braços e a beijou.

"Eles mantiveram seu amor em segredo por seis longos anos. Ela, minha mãe, fazia parte do séquito de Tal Hajus, ao passo que seu amante era um simples guerreiro, vestido apenas com seu próprio metal. Caso seu desafio às tradições dos tharks fosse descoberto, ambos pagariam por sua falha na grande arena, perante Tal Hajus e suas hordas.

"O ovo do qual nasci foi escondido sob uma vasilha de vidro sobre a mais alta e inacessível das torres parcialmente em ruínas da antiga Thark. Uma vez a cada ano, por cinco longos anos, minha mãe visitava o ovo em processo de incubação. Ela não ousava ser mais constante porque, com a culpa pesando em sua consciência, achava que cada movimento seu estava sendo observado. Durante esse período, meu pai ganhou grande distinção como guerreiro e havia tomado os metais de vários líderes. Seu amor por minha mãe nunca diminuiu, e seu objetivo de vida era poder conquistar o metal do próprio Tal Hajus para se tornar o governante dos tharks, livre para tomá-la como sua e, por meio de seu poder, proteger a criança que, de outro modo, seria morta se a verdade viesse à tona.

"Conquistar o metal de Tal Hajus em parcos cinco anos era um devaneio insano, mas seu avanço era rápido e logo ele tinha uma alta posição nos conselhos de Thark. Um dia, porém, a chance se perdeu para sempre, antes que ele pudesse salvar seus entes queridos. Ele foi enviado para longe, em uma longa expedição para a calota polar ao sul, para guerrear contra os nativos e saquear suas peles. Porque este é o modo como agem os barsoomianos verdes: eles não trabalham para produzir o que podem tomar de outros em batalha.

"Ele ficou fora por quatro anos e, quando retornou, tudo já estava acabado havia três. Um ano após sua partida, e pouco antes do retorno de uma expedição que havia ido para a colheita de frutos em uma incubadora da comunidade, o ovo eclodiu. Daí por diante, minha mãe continuou a me manter na velha torre, visitando-me a cada noite e me banhando com o amor de que a vida em comunidade nos privaria. Ela esperava que, quando a expedição à incubadora voltasse, fosse possível me misturar com os outros jovens destinados aos alojamentos de Tal Hajus. Assim, escaparia do destino que certamente se seguiria após a descoberta de seu pecado contra as antigas tradições dos homens verdes.

"Ela rapidamente me ensinou a língua e os costumes de minha espécie, e uma noite me contou a história que contei a você até este ponto, insistindo muito sobre a necessidade de sigilo absoluto e do grande cuidado que eu teria de ter depois que ela me colocasse entre as outras jovens tharks. Eu não poderia permitir que ninguém desconfiasse que minha educação era mais avançada do que a das outras nem dar sinais que denunciassem minha afeição por ela na presença de outros ou que eu tinha conhecimento de minha filiação. E, me puxando para perto de si, sussurrou em meu ouvido o nome de meu pai.

"Então, uma luz se acendeu sobre nós na escuridão da câmara da torre e ali estava Sarkoja, seus olhos brilhantes cheios de ódio estancados em um frenesi de raiva e desprezo sobre minha mãe. A torrente de ira e insultos que Sarkoja despejou sobre minha mãe deixou meu coração gelado de terror. Aparentemente ela havia ouvido toda a história. E sua presença, naquela noite fatídica, era o resultado de sua suspeita das longas ausências noturnas de minha mãe dos alojamentos.

"Mas uma coisa ela não ouviu nem sabia: o nome sussurrado de meu pai. Isso era óbvio, em razão das repetidas exigências para que minha mãe revelasse o nome de seu parceiro de pecado, mas nenhuma quantidade de insultos ou ameaças poderia obrigá-la a dizer e, para me salvar de torturas desnecessárias, ela mentiu, dizendo a Sarkoja que ela mesma não sabia e não poderia ter contado a mim.

"Proferindo suas últimas maledicências, Sarkoja se foi apressada para reportar a Tal Hajus sua descoberta. Enquanto ela partia, minha mãe, embrulhando-me com as sedas e peles de suas cobertas noturnas para que eu ficasse quase irreconhecível, desceu às ruas e correu desesperadamente na direção dos limites da cidade, indo para o sul, à procura do homem a quem não poderia pedir proteção, mas de quem desejava ver o rosto uma vez mais antes de morrer.

"Quando nos aproximávamos da extremidade sul, um som chegou até nós vindo da planície musgosa, da direção da única passagem entre as colinas que levava aos portões. A passagem pela qual as caravanas vindas tanto do norte como do sul entravam na cidade. Os sons que ouvimos eram berros de thoats e grunhidos de zitidars com um ocasional clangor de armas que anunciavam a aproximação de um grupo de soldados. O pensamento que mais dominava sua mente era o de que meu pai estava voltando de sua expedição, mas sua astúcia thark a impediu de precipitar-se em uma corrida para saudá-lo.

"Recuando para as sombras de um portal, esperou a caravana adentrar a avenida e ocupar a passagem de parede a parede, quebrando sua formação e amontoando-se pela via. Quando a parte posterior da procissão passou por nós, a lua mais baixa se livrou dos telhados mais altos e iluminou a cena com todo o brilho de sua luz impressionante. Minha mãe se encolheu ainda mais contra as sombras protetoras e, de seu esconderijo, viu que a expedição não era a de meu pai, mas a caravana que retornava trazendo os jovens tharks.

Instantaneamente seu plano estava arquitetado e, quando uma grande carruagem chacoalhou perto de nosso refúgio, ela deslizou sorrateiramente sobre seu estribo posterior, agachando-se na penumbra formada pelos flancos e pressionando-me contra seu seio, tomada de amor.

"Ela sabia, mas eu não, que nunca mais, depois daquela noite, me seguraria contra seu peito, e que talvez nem sequer nos víssemos uma outra vez. Na confusão da praça, ela me colocou entre as outras crianças e misturei-me a elas, já que os guardiões que as vigiaram durante a jornada agora estavam livres para se aliviar de sua responsabilidade. Fomos encaminhadas juntas até um grande pavilhão e alimentadas por mulheres que não haviam acompanhado a expedição. No dia seguinte, fomos divididas entre as comitivas dos líderes.

"Nunca mais vi minha mãe depois daquela noite. Ela foi aprisionada por Tal Hajus e todos os esforços, mesmo as mais horríveis e vergonhosas torturas, foram usados para forçar seus lábios a dizerem o nome de meu pai. Mas ela permaneceu inabalável e leal, morrendo, enfim, entre as gargalhadas de Tal Hajus e seus líderes durante uma terrível sessão de tortura.

"Depois descobri que ela dissera a Tal Hajus que havia me matado para me salvar do mesmo destino em suas mãos, jogando meu corpo aos macacos albinos. Apenas Sarkoja não acreditou nela e, até hoje, creio, suspeita de minha verdadeira origem, mas não ousa me expor agora, aconteça o que acontecer, porque também suspeita, estou certa disso, da identidade de meu pai.

"Quando ele retornou da expedição e soube do que sucedera a minha mãe, foi Tal Hajus quem contou. E eu estava presente. Mas nunca, nem sequer por um tremor em seus músculos, denunciou a mais leve emoção. Ele apenas não riu, como fez Tal Hajus em regozijo enquanto descrevia seus espasmos de morte. A partir daquele momento, foi o mais cruel entre os cruéis, e eu espero o dia em que ele atinja sua ambição e derrube a carcaça de Tal Hajus a seus pés. Tenho certeza de que ele apenas espera a oportunidade de executar sua terrível vingança e que seu grande amor continua tão forte em seu peito quanto da primeira vez, quando transformou sua alma quarenta anos atrás. Estou tão certa disso quanto do fato de estarmos no alto da beira de um oceano antiquíssimo enquanto pessoas de bem dormem, John Carter."

– E seu pai, Sola, está conosco agora? – perguntei.

– Sim – ela respondeu –, mas, até onde sei, ele não me conhece nem sabe quem delatou minha mãe a Tal Hajus. Somente eu sei o nome de meu pai e somente eu, Tal Hajus e Sarkoja sabemos que foi ela a mensageira da história que trouxe morte e tortura sobre aquela que ele amava.

Sentamo-nos em silêncio por alguns momentos. Ela, envolta em pensamentos obscuros, e eu, em compaixão pelas pobres criaturas a quem os cruéis e insanos costumes de sua raça haviam condenado a vidas sem amor, de crueldade e ódio. Na mesma hora, ela disse:

– John Carter, se um dia um homem de verdade andou sobre a face fria e morta de Barsoom, esse alguém é você. Eu sei que posso confiar em você, e, porque essa informação pode algum dia ajudá-lo, ajudar meu pai, Dejah Thoris ou a mim mesma, direi a você o nome dele e não vou impor restrições ou condições sobre guardar ou não segredo. Quando chegar a hora, fale a verdade se isso parecer o melhor a ser feito. Acredito em você porque sei que não é amaldiçoado com o terrível traço da absoluta e rígida verdade, sei que poderia mentir como outros cavalheiros da Virgínia, se uma mentira pudesse evitar que a desgraça e o sofrimento se abatessem sobre outros. O nome de meu pai é Tars Tarkas.

CAPÍTULO XVI

Planejamos a Fuga

O restante da jornada até Thark não reservou outros aconte-cimentos. Estávamos viajando havia vinte dias, e já tínhamos cruzado dois fundos de mares e passado através, ou rodeado, mais cidades em ruínas – a maioria menores do que Korad. Duas vezes atravessamos as famosas hidrovias marcianas, ou canais, como as chamam nossos astrônomos na Terra. Quando nos aproximávamos desses locais, um guerreiro era envia-do à frente portando um poderoso binóculo e, se não houves-se nenhuma grande quantidade de tropas de marcianos ver-melhos à vista, avançávamos o máximo possível sem nos tornar expostos e acampávamos até o anoitecer. Então, vaga-rosamente, nos aproximávamos do campo cultivado e locali-závamos uma das numerosas e largas estradas que cruzam essas áreas a intervalos regulares. Esgueirávamo-nos silencio-sa e sorrateiramente, cruzando até as terras áridas do outro lado. Foram necessárias cinco horas para fazer uma dessas travessias sem nenhuma parada. A outra levou a noite toda, de forma que estávamos saindo do confinamento dos campos cercados pelas altas paredes quando o sol nasceu sobre nós.

Atravessar na escuridão, como fazíamos, tornava im-possível que eu enxergasse bem, exceto quando a lua mais próxima, com seus extravagantes e incessantes movimentos pelos céus barsoomianos, iluminava pequenos retalhos da paisagem vez ou outra, revelando campos murados e construções baixas e irregulares que lembravam muito as fazendas terrestres. Havia muitas árvores dispostas metodicamente, algumas delas de altura incrível. Existiam animais em alguns cercados que anunciavam sua presença com berros apavorados e grunhidos quando sentiam o odor de nossas estranhas e rudes bestas, e ainda mais o cheiro dos estranhos seres humanos.

Apenas uma vez avistei um ser humano, na intersecção de nossa passagem com a vasta e alva barreira que corta longitudinalmente cada uma das regiões cultivadas exatamente no centro. O indivíduo devia estar dormindo na beira da estrada porque, quando me aproximei, ele se apoiou sobre um cotovelo e, após um relance sobre a caravana que se aproximava, levantou-se com um salto e, gritando, fugiu desordenadamente estrada abaixo, escalando um muro próximo com a agilidade de um gato assustado. Os tharks não lhe dispensaram a menor atenção, pois não estavam em busca de combate. O único sinal que tive de que o haviam visto foi uma aceleração na marcha da caravana enquanto nos aproximávamos da borda do deserto que marcava a entrada nos domínios de Tal Hajus.

Eu não havia conversado com Dejah Thoris, uma vez que ela não enviara nenhuma palavra de que eu era bem-vindo em sua carruagem. E meu orgulho tolo me impediu de fazer qualquer tentativa. Acredito piamente que o jeito de um homem com as mulheres é inversamente proporcional à sua destreza entre os homens. A fraqueza e a tolice às vezes são mostra de grande atrativo para o sexo frágil, ao passo que um lutador que enfrenta destemidamente uma miríade de perigos reais se esconde nas sombras como uma criança medrosa.

Exatamente trinta dias após minha chegada a Barsoom, adentramos a velha cidade de Thark, da qual seu povo há muito esquecido teve até mesmo seu nome roubado pela horda dos homens verdes. As hordas de Thark somam perto de trinta mil almas e são divididas em vinte e cinco comunidades. Cada comunidade tem seu próprio jed e líderes inferiores, mas todos estão sob o jugo de Tal Hajus, jeddak de Thark. Cinco comunidades fazem da cidade de Thark seu quartel-general e o restante fica espalhado por outras cidades desertas da Marte ancestral, por toda a região reivindicada por Tal Hajus.

Fizemos nossa entrada pela grande praça central, no começo da tarde. Não houve saudações amigáveis entusiasmadas pelo retorno da expedição. Aqueles que por acaso estavam por ali falavam os nomes dos guerreiros e mulheres com quem tinham contato direto, fazendo a saudação formal de sua espécie. Mas a presença de dois prisioneiros despertou grande interesse, transformando Dejah Thoris e a mim no centro das atenções dos grupos de curiosos.

Logo fomos conduzidos a nossos novos alojamentos e o restante do dia foi dedicado a nos acostumarmos às novas condições. Meu lar ficava sobre a avenida sul que levava à praça, a artéria principal pela qual marchamos vindos dos portões da cidade. Eu ficava no final do quarteirão e tinha todo o edifício à minha disposição. A mesma grandeza arquitetônica tão evidente em Korad também se evidenciava aqui, embora, se isso fosse possível, em uma escala maior e mais rica. Meus dormitórios seriam adequados para abrigar o maior dos imperadores da Terra, mas para essas estranhas criaturas apenas o tamanho e o gigantismo dos cômodos era importante. Quanto maior a construção, melhor, e dessa maneira Tal Hajus ocupava o que devia ter sido um enorme prédio público. O segundo em tamanho era reservado a Lorquas Ptomel e o próximo a um jed de posto inferior, e assim por diante até o final da lista de cinco jeds. Os guerreiros ocupavam os prédios com os líderes de suas comitivas ou, se preferissem, buscavam abrigo entre qualquer um dos milhares de edifícios vagos nos quarteirões da cidade. Cada comunidade era designada a uma determinada parte da cidade. A escolha das construções era feita de acordo com essas divisões, exceto quando se tratava dos jeds, que ocupavam os edifícios em frente à praça.

Quando finalmente deixei minha casa em ordem – ou melhor, averiguei se a haviam arrumado –, era quase crepúsculo e me apressei a localizar Sola e seus protegidos, porque estava decidido a falar com Dejah Thoris e tentar convencê-la da necessidade de pelo menos acordarmos uma trégua até que eu pudesse encontrar um meio de ajudá-la a fugir. Procurei em vão até que o topo do grande sol vermelho estivesse desaparecendo no horizonte, e então avistei a feia cabeça de Woola espreitando de uma janela do segundo andar, do lado oposto da mesma avenida onde eu estava alojado, embora mais próximo da praça.

Sem aguardar pelo convite, subi como uma flecha pelos corredores tortuosos até o segundo andar e, ao chegar à grande câmara de entrada, fui saudado pelo frenesi de Woola, que jogou seu corpanzil sobre mim, quase me atirando ao chão. O animal estava tão feliz em me ver que pensei que iria me devorar, sua cabeça dividida de orelha a orelha, expondo três fileiras de presas em um sorriso demoníaco.

Acalmando-o com uma palavra de comando e carinho, olhei rapidamente através da escuridão em busca de um sinal de Dejah Thoris; então, não a vendo, chamei seu nome. Houve um murmúrio de resposta vindo do canto mais distante do apartamento. Com um par de passos largos, coloquei-me ao seu lado, onde estava encolhida entre suas sedas e peles sobre uma antiga poltrona entalhada em madeira. Permaneci ali enquanto ela se levantou altiva, olhou-me diretamente nos olhos e disse:

– O que poderia querer Dotar Sojat, um thark, com a prisioneira Dejah Thoris?

– Dejah Thoris, não sei por que a deixei raivosa. Sempre esteve longe de meus desejos machucar ou ofender você, a quem espero poder proteger e confortar. Não se obrigue à minha presença, caso não queira, mas você deve me ajudar a realizar sua fuga, se tal coisa for possível. E isso não é um pedido, mas um comando. Quando estiver novamente livre na corte de seu pai, poderá fazer de mim o que desejar, mas de agora em diante, e até esse dia, serei seu senhor e deverá me obedecer e ajudar.

Ela me olhou longa e seriamente e achei que estava abrandando seus sentimentos para comigo.

– Entendo suas palavras, Dotar Sojat – ela respondeu –, mas você não entende. Você é uma mistura confusa de criança e homem, de rudeza e nobreza. Quisera eu poder entender seu coração.

– Olhe para seus pés, Dejah Thoris. Ele continua no mesmo lugar que naquela outra noite em Korad, e continuará assim, batendo sozinho por você até que a morte o cale para sempre.

Ela deu um pequeno passo em minha direção, suas belas mãos se estenderam em um gesto de estranho tatear.

– O que quer dizer, John Carter? – ela murmurou. – O que está me dizendo?

– Estou dizendo aquilo que prometi a mim mesmo que não diria a você, pelo menos enquanto você continuasse prisioneira dos homens verdes, aquilo que sua atitude nos últimos vintes dias despertou em mim. Estou dizendo, Dejah Thoris, que sou seu, de corpo e alma, para servi-la, protegê-la e morrer por você. Só lhe peço uma coisa em troca: que você me dê um sinal, seja de condenação ou de aprovação, até que esteja a salvo entre os seus; e que quaisquer sentimentos que você guarde por mim não sejam influenciados ou maculados pela gratidão. O que quer que eu faça para servi-la, será por motivos puramente egoístas, uma vez que me dá mais prazer servi-la do que a deixar.

– Respeitarei seus desejos, John Carter, porque entendo seus motivos para isso e aceito seu serviço com a mesma aprovação que tenho por sua autoridade. Sua palavra será minha lei. Por duas vezes o condenei injustamente em pensamento e mais uma vez lhe peço perdão.

Uma conversa de cunho mais pessoal foi impedida pela entrada de Sola, que estava muito agitada, destoando de sua calma e controle costumeiros.

– Aquela horrenda Sarkoja foi ter com Tal Hajus – ela gritou –, e, pelo que ouvi na praça, há pouca esperança para vocês dois.

– O que disseram? – perguntou Dejah Thoris.

– Que vocês serão jogados para os calots [cães] selvagens na grande arena, tão logo as hordas se reúnam para os jogos anuais.

– Sola – eu disse –, você é uma thark, mas odeia e despreza os costumes de seu povo, assim como nós. Você não nos acompanharia em um esforço supremo de fuga? Estou certo de que Dejah Thoris poderia lhe oferecer um lar e proteção entre seu povo. Seu futuro não pode ser pior do que o que a espera aqui.

– Sim – clamou Dejah Thoris –, venha conosco, Sola. Você estará melhor entre os homens vermelhos de Helium do que ficando aqui. E eu lhe prometo não apenas um lar para nós, mas o amor e a afeição que sua natureza anseia e que lhe serão sempre negados pelos costumes de sua própria raça. Venha conosco, Sola. Nós podemos partir sem você, mas seu destino será terrível se acharem que foi conivente e nos ajudou. Sei que mesmo esse perigo não a impediria de interferir em nossa fuga, mas nós a queremos junto, queremos que você venha para a terra do sol e da felicidade entre pessoas que entendem o significado do amor, da simpatia e da gratidão. Diga que virá, Sola, por favor, diga.

– A grande hidrovia que leva a Helium fica a cerca de oitenta quilômetros ao sul – murmurou Sola, para si mesma –, um thoat ligeiro chega lá em três horas. Dali para Helium são oito mil quilômetros, a maior parte deles passando por regiões parcamente habitadas. Eles descobririam e nos perseguiriam. Podemos nos esconder entre as grandes árvores por algum tempo, mas as chances de fuga são realmente pequenas. Eles nos seguiriam até os portões de Helium e matariam tudo em seu caminho. Vocês os conhecem.

– Não há outro modo de chegarmos a Helium? – perguntei. – Conseguiria rascunhar um mapa do território que devemos atravessar, Dejah Thoris?

– Sim – ela respondeu. E tomando um grande diamante de seus cabelos, desenhou sobre o mármore do chão o primeiro mapa de um território barsoomiano que vi na minha vida. Ele era riscado em todas as direções por linhas retas, algumas correndo em paralelo e eventualmente convergindo para um grande círculo. As linhas, ela disse, eram hidrovias. Os círculos, cidades. E um deles, bem ao noroeste, ela apontou indicando Helium. Havia outras cidades próximas, mas ela disse que as temia, pois não eram aliadas de Helium.

Finalmente, após estudar o mapa cuidadosamente sob o luar que agora preenchia a sala, apontei para uma hidrovia ao nosso extremo norte que também parecia levar a Helium.

– Esta aqui cruza o território de seu avô? – perguntei.

– Sim – ela respondeu –, mas fica trezentos quilômetros ao norte de onde estamos. É uma das hidrovias que atravessamos em nossa viagem a Thark.

– Eles nunca suspeitariam que escolheríamos a hidrovia mais distante – declarei –, e é por isso que essa é a melhor rota para nossa fuga.

Sola concordou comigo e ficou decidido que deveríamos deixar Thark naquela mesma noite. Na verdade, tão rápido quanto eu pudesse encontrar e preparar meus thoats. Sola montaria um e Dejah Thoris e eu o outro. Cada um de nós carregaria comida e bebida suficientes para durar dois dias, já que não se podia forçar a cavalgada dos animais por uma distância tão grande.

Mandei que Sola fosse com Dejah Thoris por uma avenida menos movimentada até a fronteira ao sul da cidade, onde eu as encontraria com meus thoats o mais rápido possível. Então, deixando-as para juntarem a comida, as sedas e as peles de que precisaríamos, me esgueirei silenciosamente para os fundos do primeiro andar e adentrei o pátio onde nossos animais se movimentavam incessantemente, como é seu hábito, antes de se acomodarem para dormir.

O grande rebanho de thoats e zitidars se movia pelas sombras dos edifícios, sob o esplendor das luas marcianas. Esses últimos grunhiam seus graves sons guturais e os primeiros emitiam ocasionalmente um berro agudo que denotava o quase habitual estado de raiva no qual essas criaturas passam sua existência. Eles estavam mais calmos agora, em razão da ausência de pessoas, mas assim que me farejaram tornaram-se mais irritadiços e seus repugnantes barulhos aumentaram. Essa minha entrada em um cercado de thoats, sozinho e à noite, era um gesto bem arriscado. Primeiro porque seu barulho crescente poderia alertar algum guerreiro próximo de que algo estava errado, e também porque, por qualquer descuido – ou descuido nenhum, na verdade –, um thoat macho podia se encarregar de me atropelar em uma investida.

Não tendo desejo de despertar o mau humor deles em uma noite como aquela, quando tantas coisas dependiam de discrição e esperteza, lancei-me nas sombras dos prédios pronto para, a qualquer instante, saltar para a segurança de uma porta ou janela vizinha. Assim, caminhei silenciosamente até os grandes portões que davam para a rua atrás da praça e, ao me aproximar da saída, chamei suavemente meus dois animais. Agradeci muito a gentil Providência que havia me iluminado com a ideia de ganhar o amor e a confiança desses brutos estúpidos, porque agora, vindas do outro lado do pátio, vi duas enormes formas forçando sua passagem em minha direção por entre montanhas de carne ondulante.

Eles vieram até mim, roçando seus focinhos contra meu corpo e farejando os pedaços de comida que eu usava como recompensa para treiná-los. Abrindo os portões, ordenei aos dois grandes animais que saíssem e me esgueirei silenciosamente atrás deles, fechando os portões às minhas costas.

Não selei nem montei os animais ali. Em vez disso, caminhei em silêncio até a sombra dos edifícios próximos a uma avenida pouco frequentada que levava até o ponto combinado para meu encontro com Dejah Thoris e Sola. Tão silenciosos quanto espíritos desencarnados, nos movemos furtivamente pelas ruas desertas, mas só voltei a respirar normalmente quando as planícies ao redor da cidade preencheram minha visão. Eu tinha certeza de que Sola e Dejah Thoris não teriam dificuldades em chegar ilesas ao nosso ponto de encontro. Por outro lado, acompanhado por meus grandes thoats, eu não podia ter certeza sobre mim mesmo, pois era extremamente raro que guerreiros saíssem da cidade após anoitecer. Na verdade, não havia lugar algum por perto que não exigisse uma longa viagem.

Cheguei ao local combinado em segurança, mas, como Dejah Thoris e Sola não estavam lá, guiei meus animais até a frente de um dos grandes prédios. Presumi que alguma outra mulher tivesse ido até a residência de Sola para conversar, o que teria atrasado sua partida. Não tive nenhuma preocupação indevida até que quase uma hora havia se passado sem sinal delas. Após outra meia hora ter se arrastado, comecei a ser tomado por uma grave ansiedade. Então, a tranquilidade da noite foi quebrada por um grupo se aproximando, cujo barulho não podia ser o de fugitivos se esgueirando sorrateiramente por sua liberdade. Logo, o grupo estava perto de mim e percebi, das sombras negras de onde me escondia, cerca de vinte guerreiros montados que, ao passar, deixaram escapar palavras que fizeram meu coração pular direto para o topo de minha cabeça.

– Ele provavelmente combinou de encontrá-las fora da cidade e então... – e não ouvi mais nada enquanto passavam. Mas já era o bastante. Nosso plano havia sido descoberto e, de agora em diante e até o amargo fim, as chances de fuga eram realmente pequenas. Minha única preocupação era voltar despercebido até os alojamentos de Dejah Thoris e descobrir o que havia acontecido a ela. Mas o que fazer com esses dois monstruosos thoats que tinha em mãos? Agora que a cidade estava provavelmente excitada ao saber de minha fuga, esse problema havia tomado grandes proporções.

De repente, uma ideia me ocorreu e, usando meu conhecimento sobre as construções dos prédios dessas antigas cidades marcianas, lembrei-me dos pátios vazios no centro de cada quarteirão. Tateei meu caminho às cegas através das salas escuras, fazendo os grandes thoats me seguirem. Eles tiveram dificuldades em lidar com algumas portas, mas, como os edifícios que formavam a fachada principal da cidade eram todos desenhados em uma escala magnífica, conseguiram contorcer-se sem acabar presos nelas. Assim, finalmente chegamos ao pátio interno onde encontrei, conforme o esperado, o usual tapete de vegetação musgosa que providenciaria comida e bebida a eles até que eu pudesse devolvê-los ao seu cercado. Estava confiante de que ficariam tão quietos e contentes ali quanto em qualquer outro lugar, e não havia a menor possibilidade de que fossem descobertos, porque os homens verdes não apreciam muito entrar nesses edifícios remotos habitados pela única coisa, acredito, que lhes causa a sensação de medo: os grandes macacos albinos de Barsoom.

Removi os ornamentos da sela e os escondi dentro de uma porta por onde havíamos entrado no pátio e, libertando as feras, rapidamente cruzei-o novamente para os fundos do edifício, pelo lado mais distante e, dali, para além da avenida. Esperei no umbral até me certificar de que ninguém se aproximava, corri até o lado oposto e passei pelo portal que levava ao próximo pátio. Assim, pátio após pátio, com pouca chance de ser detectado por me expor pouco nas avenidas, criei minha rota em segurança até o quintal nos fundos dos alojamentos de Dejah Thoris.

Ali, obviamente, encontrei os animais dos guerreiros que habitavam as construções adjacentes – e os próprios guerreiros deveriam estar na parte interna, caso eu entrasse. Mas, para minha sorte, eu tinha ainda um outro método para alcançar o andar superior onde Dejah Thoris deveria estar. Depois de deduzir qual dos edifícios ela ocupava, porque nunca o havia visto desse ângulo, tirei vantagem de meu poder e agilidade relativamente grandes e saltei para o alto até me agarrar ao peitoril da janela do segundo andar, que eu acreditava ser a mesma dos fundos de seu apartamento. Colocando-me para dentro do quarto, movi-me discretamente na direção da frente do prédio e, antes que eu alcançasse a porta de seu quarto, ouvi as vozes que vinham de dentro dele.

Não ousei ir mais adiante antes de me certificar de que aquela era a voz de Dejah Thoris e, assim, aventurar-me com mais segurança. De fato, essa precaução foi bastante sábia porque a conversa que ouvi tinha o tom gutural grave dos homens e suas palavras me deram um aviso oportuno. O orador era um líder que dava ordens a quatro de seus guerreiros.

– Quando ele retornar a este cômodo – ele dizia –, porque certamente retornará quando não as encontrar nas fronteiras da cidade, vocês quatro saltarão sobre ele e o desarmarão. Será necessária a força combinada de todos vocês, se os relatos que trazem de Korad forem verdadeiros. Quando ele estiver firmemente imobilizado, levem-no às grutas inferiores do quartel jeddak e o acorrentem para que fique à disposição de Tal Hajus. Não permitam que ele fale com ninguém nem que qualquer outra pessoa entre neste apartamento antes que ele chegue. Não há perigo de a garota retornar, pois a esta hora já deve estar nos braços de Tal Hajus, e que todos os seus ancestrais tenham pena dela, porque Tal Hajus não terá. A grande Sarkoja fez um ótimo trabalho esta noite. Partirei e, caso falhem em capturá-lo quando ele chegar, eu entregarei suas carcaças ao seio gélido do Iss.

CAPÍTULO XVII

Uma custosa recaptura

Quando o orador se voltou para deixar o apartamento pela porta onde eu estava à espreita, eu não precisava esperar mais. Havia ouvido o suficiente para encher minha alma de terror e, saindo furtivamente, retornei ao pátio pelo caminho por onde havia vindo. Meu plano de ação se formou num instante. Cruzei o quarteirão e a avenida que circundava o lado oposto. Logo estava no quintal de Tal Hajus.

Os apartamentos brilhantemente iluminados do primeiro andar me indicaram onde olhar primeiro e, avançando até as janelas, espreitei seu interior. Logo descobri que minha aproximação não seria tão fácil quanto eu esperava, porque os quartos dos fundos que ladeavam o pátio estavam repletos de guerreiros e mulheres. Olhei para os andares acima e descobri que o terceiro estava aparentemente apagado, decidindo fazer minha entrada no edifício por ali. Bastou um momento para que eu alcançasse as janelas ao alto, e logo eu me lançava para dentro das sombras acolhedoras do andar apagado.

Felizmente o quarto que escolhi estava vazio. Rastejando silenciosamente pelo corredor adiante, vislumbrei uma luz nos apartamentos à minha frente. Chegando ao que parecia ser um portal, descobri que nada mais era do que uma abertura sobre uma imensa câmara interna que encimava o primeiro andar – dois andares abaixo de mim – até o telhado em forma de domo do prédio, bem acima de minha cabeça. O andar desse grande saguão circular estava abarrotado de líderes, guerreiros e mulheres. Em um dos cantos estava uma grande plataforma elevada sobre a qual habitava a fera mais horrenda que meus olhos jamais viram. Ele tinha as mesmas feições frias, cruéis, duras e terríveis que dos guerreiros verdes, mas acentuadas e degradadas pela fúria animal à qual se entregara por longos anos. Não havia uma marca de dignidade ou orgulho em seu semblante bestial, enquanto seu corpanzil se espalhava para além da plataforma sobre a qual estava agachado como um grande peixe-demônio. Seus seis membros acentuavam a similaridade de uma forma horrível e assombrosa.

Mas a visão que me congelou de apreensão foi ver Dejah Thoris e Sola paradas em frente a ele, sob seu olhar doentio e aflitivo, com os olhos lascivos e saltados que lambiam as curvas de sua bela figura. Ela estava falando, mas eu não podia ouvir o que dizia, nem sequer o lamento rouco de sua resposta. Ela estava ereta diante dele, sua cabeça altiva e, mesmo à distância que me separava dos três, eu podia ler o desprezo e o nojo em sua face enquanto seu olhar soberano não demonstrava sinais de temor por ele. Ela era realmente a filha orgulhosa de mil jeddaks, cada centímetro de seu corpo tão belo e precioso. Tão pequeno, tão frágil comparado aos dos imponentes guerreiros à sua volta, mas cuja majestade os reduzia à insignificância. Ela era a figura mais poderosa entre eles e eu acreditava muito que eles podiam sentir o mesmo.

Imediatamente Tal Hajus fez um sinal para que a câmara fosse evacuada e que as prisioneiras ficassem sozinhas com ele. Vagarosamente os líderes, guerreiros e mulheres se dispersaram nas sombras das câmaras vizinhas para deixar Dejah Thoris e Sola sozinhas diante do jeddak dos tharks.

Apenas um líder hesitou antes de partir. Eu o vi parado nas sombras de uma larga coluna, sua mão nervosamente revolvendo sobre o punho de sua grande espada e seus olhos cruéis pousados com um ódio implacável sobre Tal Hajus. Era Tars Tarkas, e eu podia ler seus pensamentos porque estavam estampados na fúria despudorada em sua face. Ele estava pensando naquela outra mulher que, quarenta anos antes, também ficara diante desse animal. Se eu pudesse dizer uma palavra em seu ouvido naquela hora, o reinado de Tal Hajus estaria terminado. Mas ele finalmente marchou para fora da sala, sem saber que havia deixado sua própria filha à mercê da criatura que ele mais desprezava.

Tal Hajus se levantou e eu, entre temeroso e preparado para suas intenções, corri para o corredor circular que levava aos andares abaixo. Não havia ninguém por perto para me impedir e cheguei ao andar principal onde estava a câmara sem ser notado, tomando minha posição na sombra da mesma coluna que Tars Tarkas havia acabado de deixar. Quando cheguei, Tal Hajus falava:

– Princesa de Helium, eu poderia abocanhar um resgate absurdo de seu povo se a devolvesse intacta, mas prefiro mil vezes observar seu lindo rosto contorcido pela agonia da tortura. Garanto que será bem longa, embora dez dias de prazer sejam muito pouco para que eu demonstre todo o amor que sinto por sua raça. Os terrores de sua morte deverão assombrar o sono dos homens vermelhos pelas próximas eras. Eles terão arrepios à noite quando seus pais lhes contarem sobre a implacável vingança dos homens verdes, do poder, da força, do ódio e da crueldade de Tal Hajus. Mas, antes da tortura, você deve ser minha por uma breve hora. E vou garantir que seu avô, Tardos Mors, jeddak de Helium, tome conhecimento desse fato para que rasteje pelo chão em agonia por sua infelicidade. Amanhã começará sua tortura. Esta noite, será de Tal Hajus. Venha!

Ele pulou de sua plataforma e a tomou rudemente pelo braço, mas ele mal a havia tocado e saltei entre eles. Minha espada curta, afiada e brilhante, estava em minha mão direita. Eu poderia tê-la mergulhado em seu coração pútrido antes mesmo que ele percebesse minha presença, mas quando levantei meu braço para desferir o golpe pensei em Tars Tarkas e, mesmo com toda a minha raiva, com todo o meu ódio, não poderia tirar dele o doce momento pelo qual vivera e esperara todos esses extenuantes anos. Em vez disso, disparei meu bom punho direito em cheio na ponta de seu queixo. Sem emitir som, ele desabou no chão como se estivesse morto.

No mesmo silêncio sepulcral, peguei Dejah Thoris pela mão e, com um gesto para que Sola nos seguisse, corremos em silêncio da câmara até o andar superior. Sem sermos vistos, chegamos à janela dos fundos. Usando as faixas e couros de meus equipamentos, baixei-as – primeiro Sola, depois Dejah Thoris – até o chão, e depois caí suavemente, conduzindo-as com urgência ao redor do pátio pelas sombras das construções, e retornamos pelo mesmo caminho pelo qual eu tinha vindo desde as fronteiras da cidade.

Finalmente, demos com meus thoats no pátio onde os havia deixado e, colocando os arreios sobre eles, nos apressamos através do prédio até a avenida do lado de fora. Montados – Sola sobre um animal e Dejah Thoris atrás de mim sobre o outro –, cavalgamos para longe da cidade pelas colinas do sul.

Em vez de dar a volta ao redor da cidade para o noroeste, na direção da hidrovia mais próxima, que estava a uma curta distância de nós, desviamos para nordeste e enveredamos pela vastidão musgosa através da qual, após 320 perigosos e cansativos quilômetros, nos esperava outra artéria principal que levava a Helium.

Não proferimos nenhuma palavra até termos deixado a cidade na distância, mas eu podia ouvir o choro mudo de Dejah Thoris que se segurava em mim com sua delicada cabeça repousando sobre meu ombro.

– Se conseguirmos, meu líder, o débito de Helium será gigantesco. Maior do que jamais poderiam recompensá-lo. E, se não conseguirmos – ela continuou –, o débito não será menor, mas Helium nunca saberá que você salvou a última de nossa linhagem de algo pior do que a morte.

Eu não respondi, apenas movi minha mão para o lado e pressionei os pequenos dedos de minha amada enquanto eles me apertavam em sinal de apoio. Assim, mantendo o silêncio, aceleramos sobre o musgo amarelo enluarado, cada um de nós ocupado com os próprios pensamentos. De minha parte, eu só podia estar feliz por ter tentado. Com o corpo tépido de Dejah Thoris junto ao meu e com todo o perigo recém-passado, meu coração cantava alegremente, como se estivéssemos adentrando os portões de Helium.

Nossos planos anteriores haviam sido desfeitos tão desastrosamente que agora nos encontrávamos sem comida ou água. E apenas eu estava armado. Portanto, fustigamos nossos animais a uma velocidade que provavelmente se traduziria em dor para eles antes que avistássemos o final do primeiro estágio de nossa jornada.

Cavalgamos a noite toda e o dia seguinte com poucas e breves paradas. Na segunda noite, tanto nós quanto os animais estávamos completamente esgotados e nos deitamos sobre o musgo para um sono de cinco ou seis horas, voltando à jornada outra vez antes do alvorecer. Cavalgamos o dia seguinte todo e quando, no final da tarde, ainda não tínhamos avistado árvores distantes – o sinal das grandes hidrovias por toda a Barsoom –, a terrível verdade desabou sobre nós: estávamos perdidos.

Era evidente que havíamos andado em círculos, mas era difícil dizer para qual lado. Também não parecia possível usar o sol para nos guiar durante o dia e as luas e estrelas à noite. De todo modo, não havia hidrovia à vista e todo o grupo estava prestes a sucumbir de fome, sede e cansaço. Ao longe, e um pouco à direita, era possível distinguir os contornos de montanhas baixas, as quais decidimos tentar escalar na esperança de que pudéssemos avistar algum indício da hidrovia que procurávamos. A noite caiu sobre nós antes de atingirmos nosso objetivo, e, quase desmaiando de cansaço e fraqueza, nos deitamos e dormimos.

Acordei cedo pela manhã com um grande corpo encostado perto do meu. Abri meus olhos e contemplei meu abençoado Woola se aninhando junto a mim. A fera fiel havia nos seguido pela vastidão desolada para compartilhar nosso destino, qualquer que fosse. Passando meus braços sobre seu pescoço, pressionei minha bochecha contra a dele – e não me envergonho de tê-lo feito, nem das lágrimas que vieram aos meus olhos quando pensei em seu amor por mim. Logo depois, Dejah Thoris e Sola acordaram e ficou decidido que nos empenharíamos imediatamente em um esforço para chegar às colinas.

Havíamos andado menos de um quilômetro quando notei que meu thoat estava começando a cambalear e refugar de um modo entristecedor, apesar de termos tentado não os forçar além da velocidade de marcha desde o meio do dia anterior. Repentinamente, ele cambaleou para um lado e desabou violentamente contra o chão. Dejah Thoris e eu fomos jogados da sela e caímos sobre o musgo macio sofrendo pouco mais que um tombo, mas o pobre animal estava em condição deplorável, sendo incapaz até mesmo de se levantar, apesar de aliviado de nosso peso. Sola me disse que quando caísse o frescor da noite, junto com o descanso, ele reviveria. Então decidi não o matar, como era minha primeira intenção, porque achei cruel abandoná-lo ali para morrer de fome e sede. Retirando seus arreios e colocando-os ao seu lado, partimos, deixando o pobre parceiro ao sabor do destino, e continuamos da melhor forma possível com apenas um thoat. Sola e eu caminhamos, fazendo Dejah Thoris cavalgar mesmo contra sua vontade. Nessas condições, havíamos progredido cerca de outro quilômetro na direção das colinas que buscávamos alcançar quando Dejah Thoris, de seu vantajoso posto de observação sobre o thoat, gritou que havia visto um grande grupo de homens montados em formação descendo de uma passagem das colinas vários quilômetros adiante. Sola e eu olhamos juntos para a direção indicada e ali, claramente, estavam várias centenas de guerreiros montados. Eles pareciam se dirigir para sudoeste, o que os levaria para longe de nós.

Sem dúvida eram guerreiros de Thark enviados para nos capturar, e respiramos com muito alívio por estarem viajando na direção oposta à nossa. Retirando Dejah Thoris rapidamente do thoat, comandei o animal para que se deitasse e nós três fizemos o mesmo, tentando passar despercebidos ao máximo, com medo de chamar a atenção dos guerreiros para nossa direção.

Pudemos vê-los se enfileirando pela passagem por apenas um instante antes que se perdessem de vista por trás da milagrosa cordilheira. Para nós, era uma cordilheira providencial, já que não deixou que ficassem à vista por mais tempo, o que os levaria a nos descobrir. Aquele que parecia ser o último guerreiro ainda podia ser visto na passagem. Ele parou e, para nossa desolação, elevou seu pequeno, mas poderoso binóculo aos olhos e vasculhou o fundo do mar em todas as direções. Ele era, evidentemente, um líder, pois se situava na extrema retaguarda da coluna, posição que, em certas formações de marcha dos homens verdes, cabe a um líder. Quando seu binóculo desviou em nossa direção, nossos corações pararam e pude sentir um suor frio em todos os poros de meu corpo.

Quando estava observando diretamente sobre nós, ele... parou. A tensão em nossos nervos estava próxima do ponto de ruptura e acredito que nenhum de nós respirou durante os momentos em que ele nos manteve na linha de visão de seu instrumento. Então, baixou seu binóculo e pudemos vê-lo gritando uma ordem aos guerreiros que já haviam sumido de nossa vista por trás do topo. Ele não esperou que o alcançassem e fustigou seu thoat, vindo desabalado em nossa direção.

Havia uma pequena chance que devíamos aproveitar rapidamente. Levando meu estranho rifle marciano ao ombro, mirei e toquei o botão que controlava o gatilho. Houve uma pequena explosão quando o projétil atingiu seu alvo, fazendo com que o líder em carga fosse arremessado no ar para trás de sua montaria.

Levantando-me de supetão, ordenei que meu thoat se erguesse e instruí Sola e Dejah Thoris para que montassem nele e fizessem seu melhor para alcançar as colinas antes que os marcianos verdes estivessem sobre nós. Eu sabia que elas poderiam encontrar refúgio temporário nas ravinas e valas e, mesmo que morressem de fome ou sede, seria melhor do que caírem nas mãos dos tharks. Entregando a elas meus dois revólveres, uma tentativa débil de proteção e, em último caso, de ajuda para que escapassem da horrenda morte que uma recaptura significaria, levantei Dejah Thoris e a coloquei sobre o thoat na garupa de Sola, que já havia montado ao meu comando.

– Adeus, minha princesa – sussurrei –, ainda podemos nos encontrar em Helium. Já escapei de apuros piores do que este. – Forcei um sorriso enquanto mentia.

– O quê? – ela gritou. – Você não virá conosco?

– E como poderia, Dejah Thoris? Alguém precisa retardar esses indivíduos por algum tempo e posso escapar deles mais facilmente sozinho do que com nós três juntos.

Ela pulou rapidamente do thoat, passou seus preciosos braços em volta de meu pescoço, virou-se para Sola e disse, em uma dignidade tranquila:

– Fuja, Sola! Dejah Thoris ficará para morrer com o homem que ama.

Essas palavras ainda estão gravadas em meu coração.

Oh, eu abriria mão de minha vida com alegria mil vezes se pudesse ouvi-la dizer isso outra vez. Mas eu não podia desperdiçar sequer um segundo com o arrebatamento de seu doce abraço. Pressionei meus lábios contra os dela pela primeira vez, peguei-a no colo e a atirei sobre seu assento atrás de Sola novamente. Ordenei em tom categórico que Sola a prendesse à força e, após bater sobre o flanco do thoat, observei-as começar a jornada. Dejah Thoris esforçava-se ao máximo para se libertar dos braços de Sola.

Ao me voltar, enxerguei os marcianos verdes sobre o cume procurando por seu líder. Eles o viram em um momento e, então, viram a mim. Mal haviam notado minha presença quando, deitando-me de bruços sobre o musgo, comecei a disparar contra eles. Eu tinha um cartucho completo de cem tiros no pente do rifle e outros cem no cinturão às minhas costas. Disparei uma rajada contínua até que todos os guerreiros que haviam surgido do outro lado da montanha estivessem mortos ou tentando se abrigar.

Contudo, meu intervalo foi curto, porque logo um grupo inteiro, somando cerca de mil homens, reapareceu vindo à carga, correndo furiosamente em minha direção. Atirei até meu rifle esvaziar e o inimigo estar quase sobre mim. Com um relance, vi que Dejah Thoris e Sola já haviam desaparecido por entre as colinas; saltei, desfazendo-me de minha arma inútil e continuei na direção oposta àquela tomada por Sola e sua protegida.

Se os marcianos nunca haviam presenciado uma exibição de salto, então assistiram a uma, surpresos, naquele agora longínquo dia. Foi assim que os desviei, ao mesmo tempo levando-os para longe de Dejah Thoris sem deixar escapar sua atenção da tentativa de me capturar.

Eles me perseguiram desesperadamente até que meu pé atingiu um pedaço protuberante de quartzo e sofri uma bela queda sobre o musgo. Quando olhei para cima, já estavam sobre mim e, apesar de tentar sacar minha espada longa na tentativa de vender o mais caro possível minha vida, logo tudo estava acabado. Cambaleei sob seus golpes, que recaíam sobre mim em perfeita coordenação. Minha cabeça girou, tudo escureceu e sucumbi no poço do esquecimento.

CAPÍTULO XVIII

Acorrentado em Warhoon

Deviam ter se passado várias horas até que eu recobrasse a consciência, e bem me lembro do sentimento de surpresa que me varreu quando percebi que não estava morto.

Eu estava deitado sobre uma pilha de cobertas de seda e peles no canto de um pequeno quarto no qual havia vários guerreiros verdes, e uma fêmea idosa e feia se debruçava sobre mim.

Ao abrir meus olhos, ela se virou para um dos guerreiros dizendo:

– Ele viverá, oh jed.

– Muito bem – respondeu aquele a quem ela se havia dirigido, levantando-se e se aproximando de meu leito. – Ele daria uma rara peleja nos grandes jogos.

Agora que meus olhos repousavam sobre ele, vi que não era thark, porque os ornamentos de metais não eram daquela horda. Ele era um indivíduo grande, terrivelmente coberto por cicatrizes no rosto e no peito, um canino quebrado e uma orelha faltando. Em cada lado de seu peito havia crânios humanos, dos quais pendiam algumas mãos humanas ressecadas.

Sua referência aos grandes jogos dos quais eu tanto ouvira falar enquanto estive entre os tharks me convenceu de que eu havia pulado do purgatório para o Geena.[*]

Depois de mais algumas palavras com a fêmea, com as quais ela o assegurou de que agora eu seria capaz de viajar, o jed ordenou que montássemos e cavalgássemos na retaguarda da coluna principal.

Fui amarrado em segurança no thoat mais selvagem e indomável que jamais vi e, com um guerreiro montado de cada lado para evitar que a fera disparasse, cavalgamos a passo furioso para alcançar a coluna. Meus ferimentos não doíam muito em virtude da presteza e da rapidez com que os bálsamos e as injeções ministrados pela fêmea exerciam seus poderes terapêuticos, além da destreza com que ela havia enfaixado e tratado de minhas feridas.

Pouco antes do anoitecer alcançamos o corpo principal de soldados, que já havia montado acampamento para a noite. Fui levado imediatamente diante do líder, que provou ser o jeddak das hordas de Warhoon.

Assim como o jed que havia me levado, ele era terrivelmente marcado por cicatrizes e decorava seu protetor peitoral com os crânios humanos e as mãos secas que pareciam distinguir sua medonha ferocidade, que transcendia em muito até mesmo a dos tharks.

O jeddak, Bar Comas, que era comparativamente jovem, era objeto do ódio feroz e invejoso de seu antigo tenente, Dak Kova, o jed que havia me capturado. E não

---

[*] Geena ou Vale de Hiron aparece em textos religiosos como o Vale da Morte ou o próprio Inferno. Era um lugar ao sul de Jerusalém onde o lixo era queimado. [Nota do Tradutor]

pude deixar de notar os esforços quase premeditados que Dak Kova fazia para afrontar seu superior.

Ele omitiu completamente a saudação formal habitual quando surgiu na presença do jeddak e, ao me empurrar rudemente diante do regente, exclamou em voz alta e ameaçadora:

– Trouxe a estranha criatura que veste o metal de um thark e a quem terei o prazer de pôr em combate contra um thoat selvagem nos grandes jogos.

– Ele morrerá conforme Bar Comas, seu jeddak, achar conveniente. Se é que acharei – respondeu o jovem regente, com ênfase e dignidade.

– Se achar? – rugiu Dak Kova. – Pelas mãos mortas em meu pescoço, ele deve morrer, Bar Comas. Nenhuma fraqueza sentimental de sua parte poderá salvá-lo. Oh, quisera eu que Warhoon fosse regida por um verdadeiro jeddak em vez de um fracote de coração aguado de quem até mesmo o velho Dak Kova poderia arrancar o metal com as mãos nuas!

Bar Comas encarou o líder desafiador e insubordinado por um instante com uma expressão arrogante, destemidamente desdenhosa e odiosa, e então, sem sacar uma arma ou pronunciar palavra, arremeteu contra a garganta de seu difamador.

Eu nunca havia presenciado dois guerreiros verdes marcianos em combate franco. A exibição de ferocidade animal que se seguiu foi tão medonha que nem a imaginação mais ensandecida poderia criar. Eles buscavam os olhos e as orelhas do adversário com suas mãos e presas reluzentes. Rasgaram e perfuraram até ambos estarem praticamente em retalhos da cabeça aos pés.

Bar Comas saiu-se melhor na batalha por ser mais forte, rápido e inteligente. Logo pareceu que o embate estava vencido, exceto na investida final, quando Bar Comas escorregou ao se libertar de um agarrão. Era a oportunidade que Dak Kova precisava. Arremessando-se sobre o corpo do adversário, enterrou sua única e poderosa presa na virilha de Bar Comas e, com um último e potente golpe, abriu o corpo do jovem jeddak em dois, com seu grande canino cravado entre os ossos da mandíbula de Bar Comas. Vencedor e vencido cambalearam sem forças ou vida sobre o musgo, uma grande massa de carne retalhada e ensanguentada sobre o chão.

Bar Comas estava morto e somente os esforços mais hercúleos por parte das fêmeas de Dak Kova o salvariam do destino que merecia. Três dias depois, no entanto, ele caminhou sem ajuda até o corpo de Bar Comas que, seguindo o costume, não havia sido removido de onde caíra. Colocando seu pé sobre o pescoço de seu outrora regente, assumiu o título de jeddak de Warhoon.

As mãos e a cabeça do jeddak morto foram removidas para se somarem aos ornamentos de seu conquistador. Depois, as mulheres queimaram o que restou, entre gargalhadas selvagens e terríveis.

Os ferimentos de Dak Kova haviam atrasado tanto a marcha que decidiram desistir da expedição, que se tratava de um ataque a uma pequena comunidade thark em retaliação pela destruição de uma incubadora. A vingança esperaria até depois dos grandes jogos e todo o grupo de dez mil guerreiros volveu novamente na direção de Warhoon.

Minha primeira impressão desse povo cruel e sanguinário nada mais foi do que uma prévia daquilo que presenciaria quase diariamente entre eles. Era uma horda menor que a dos tharks, mas muito mais feroz. Não se passou sequer um dia sem que alguns dos membros das várias comunidades de Warhoon se digladiassem mortalmente. Cheguei a ver um total de oito duelos mortais em um único dia.

Chegamos à cidade de Warhoon após três dias de marcha e fui imediatamente jogado em uma masmorra, sendo fortemente acorrentado ao chão e às paredes. A comida era trazida em intervalos, mas em razão da completa escuridão do local eu não saberia dizer se fiquei ali por dias, meses ou anos. Foi a mais terrível experiência de toda a minha vida e sempre me pareceu um milagre que minha mente não tenha cedido aos terrores daquela negritude total. O lugar era repleto de coisas rastejantes. Corpos frios e sinuosos passavam sobre mim enquanto eu estava deitado. Na escuridão, eu tinha vislumbres ocasionais de olhos brilhantes e exaltados, fixados em incessante atenção sobre mim. Nenhum som chegou a mim do mundo acima e nenhuma palavra era proferida por meu carcereiro quando me trazia comida, embora no início eu o bombardeasse com perguntas.

Finalmente, toda a minha repulsa e um ódio maníaco por essas deploráveis criaturas que me haviam confinado naquele lugar horrendo foram canalizados por minha consciência cambaleante para esse único emissário que representava, para mim, toda a horda de warhoons.

Eu havia notado que ele avançava com sua tocha tremeluzente até onde pudesse colocar a comida ao meu alcance e, quando parava para colocá-la no chão, sua cabeça ficava praticamente na altura do meu peito. Então, com a astúcia de um louco, fiquei no canto mais ao fundo de minha cela na vez seguinte que o ouvi se aproximando. Reuni o pedaço de corrente que sobrava dos grilhões que me prendiam e aguardei agachado como uma fera predadora. Quando ele parou para colocar minha comida no chão, girei a corrente sobre minha cabeça e atingi seu crânio com os elos com toda a minha força. Sem emitir um som, ele escorregou para o chão, morto.

Gargalhando e falando como o idiota em que eu estava me transformando, caí sobre sua forma prostrada. Meus dedos procuravam sua garganta inerte. Em seguida, tatearam uma pequena corrente em cuja extremidade estavam penduradas algumas chaves. O toque de meus dedos nessas chaves me trouxe de volta à razão em um piscar de olhos. Eu não era mais um idiota saltitante, mas um homem são, sensato, com os meios para a fuga em suas próprias mãos.

Enquanto buscava remover a corrente do pescoço de minha vítima, olhei para cima na escuridão para ver seis pares de olhos brilhantes e estáticos sobre mim. Lentamente se aproximaram e eu lentamente me encolhi o mais longe possível daquela terrível visão. De volta ao meu canto, me agachei, mantendo minhas mãos espalmadas diante de mim. Sorrateiramente os olhos medonhos se aproximaram até chegar ao cadáver à minha frente. Então, vagarosamente recuaram, desta vez acompanhados por um som áspero, e desapareceram em algum dos negros e distantes recantos de minha masmorra.

CAPÍTULO XIX

Combatendo na arena

Lentamente, recuperei minha compostura e por fim ensaiei uma nova tentativa de remover as chaves do cadáver de meu antigo carcereiro. Mas, quando tentei encontrá-lo tateando na escuridão, percebi para minha surpresa que ele havia sumido. Então, a verdade brilhou sobre mim: os donos dos olhos brilhantes haviam arrastado meu prêmio para ser devorado em seu lar logo ao lado. Haviam esperado por dias, semanas ou meses, por toda essa detestável eternidade do meu aprisionamento, para arrastar meu corpo sem vida para seu banquete.

Por dois dias não me trouxeram nenhuma comida, até que um novo mensageiro apareceu e minha prisão retomou seu curso anterior; mas desta vez não permiti que a razão submergisse diante do horror de minha situação.

Logo após esse episódio, um outro prisioneiro foi trazido e acorrentado próximo a mim. Pela luz trêmula da tocha pude ver que era um marciano vermelho, e mal podia esperar que seus guardas se fossem para me dirigir a ele. Enquanto os passos se distanciavam cada vez mais, pronunciei cuidadosamente a palavra marciana de saudação, "kaor".

– Quem é você, que fala da escuridão? – ele respondeu.

– John Carter, amigo dos homens vermelhos de Helium.

– Eu venho de Helium – disse ele –, mas não lembro de seu nome.

Então lhe contei minha história assim como a escrevo aqui, omitindo apenas qualquer referência ao meu amor por Dejah Thoris. Ele estava bastante excitado pelas notícias sobre a princesa de Helium e parecia muito confiante de que ela e Sola conseguiriam chegar facilmente a um local seguro a partir do ponto onde havíamos nos separado. Ele disse que conhecia bem o lugar, porque o desfiladeiro pelo qual os guerreiros warhoons haviam passado quando nos descobriram era o único usado por eles quando marchavam para o sul.

– No ponto onde Dejah Thoris e Sola entraram nas montanhas, estavam a menos de oito quilômetros de uma grande hidrovia, e provavelmente estão a salvo agora – ele me assegurou.

Meu companheiro de cela era Kantos Kan, um padwar (tenente) da armada de Helium. Ele tinha participado da infeliz expedição que havia caído nas mãos dos tharks, quando Dejah Thoris fora capturada, e relatou brevemente os eventos que se seguiram à derrota das belonaves.

Gravemente feridos e com muitos desfalques na tripulação, os guerreiros avançavam com dificuldade de volta a Helium, mas, quando passaram próximos à cidade de Zodanga, a capital dos inimigos hereditários de Helium entre os homens vermelhos de Barsoom, foram atacados por um grande número de navios de guerra e toda a frota, exceto a nave à qual Kantos Kan pertencia, foi destruída ou capturada. Seu navio foi perseguido durante dias por três naves de guerra, mas finalmente escaparam na escuridão de uma noite sem lua.

Trinta dias depois da captura de Dejah Thoris, quase ao mesmo tempo que chegamos a Thark, seu navio havia chegado a Helium com cerca de dez sobreviventes da tripulação original de setecentos oficiais e homens. Imediatamente, sete grandes frotas, cada uma com cem poderosos navios de guerra, foram despachadas em busca de Dejah Thoris e, acompanhando esses navios, outros duzentos barcos menores se mantinham em busca incessante e inútil pela princesa desaparecida.

Duas comunidades de marcianos verdes haviam sido varridas da face de Barsoom por essas frotas vingadoras, mas nenhum traço de Dejah Thoris fora encontrado. Eles estavam procurando entre as hordas do norte, e somente alguns dias antes haviam estendido sua busca para o sul.

Kantos Kan tinha sido designado para um desses planadores menores, de apenas um piloto, e teve a desventura de ser descoberto pelos warhoons quando explorava sua cidade. A bravura e a ousadia desse homem ganharam meu mais profundo respeito e admiração. Sozinho, ele havia pousado nos arrabaldes da cidade e, a pé, penetrado nos edifícios em volta da praça. Por dois dias e duas noites ele explorou seus alojamentos e masmorras em busca de sua amada princesa, apenas para cair nas mãos de um grupo de warhoons quando estava prestes a partir, depois de se certificar de que Dejah Thoris não estava aprisionada ali.

Durante o período de nosso encarceramento, Kantos Kan e eu nos tornamos camaradas e criamos uma terna amizade. Apenas alguns dias se passaram, contudo, até sermos arrastados para fora de nossa masmorra para os grandes jogos. Fomos conduzidos logo pela manhã até um enorme anfiteatro que, em vez de ser construído sobre o solo, havia sido escavado abaixo da superfície. O lugar estava parcialmente coberto por entulho, o que dificultava um cálculo sobre seu real tamanho original. Em sua presente condição, comportava a totalidade das hordas reunidas de vinte mil warhoons.

A arena era imensa, mas extremamente acidentada e desnivelada. Ao seu redor os warhoons haviam empilhado blocos de construção de alguns dos edifícios em ruínas da cidade velha para evitar que os animais e os prisioneiros escapassem para a plateia. Em cada uma das extremidades haviam sido construídas jaulas para os manterem presos até que fosse sua vez de encontrar a morte hedionda sobre a arena.

Kantos Kan e eu fomos confinados juntos em uma das jaulas. Nas outras havia calots selvagens, thoats, zitidars ensandecidos, guerreiros verdes e mulheres de outras hordas, além de muitos outros estranhos e ferozes animais de Barsoom que eu nunca tinha visto antes. O barulho de seus rugidos, grunhidos e berros era suficiente para fazer o coração mais vigoroso sentir intenso mau agouro.

Kantos Kan explicou-me que, no final do dia, um desses prisioneiros ganharia a liberdade, enquanto os outros estariam todos mortos sobre a arena. Os vencedores das várias disputas do dia seriam colocados um contra o outro até que somente um sobrevivesse. O vitorioso do último embate seria libertado, fosse animal ou homem. Na manhã seguinte, as jaulas seriam preenchidas com um novo contingente de vítimas e assim por diante, pelos dez dias dos jogos.

Logo após termos sido encarcerados, o anfiteatro começou a lotar e, dentro de uma hora, absolutamente todos os assentos estavam ocupados. Dak Kova, com seus jeds e líderes, estava sentado no centro de um lado da arena sobre uma grande plataforma elevada.

A um sinal de Dak Kova, as portas de duas gaiolas foram abertas e uma dezena de fêmeas marcianas foi guiada ao centro da arena. Cada uma levava uma adaga consigo. Do outro lado, um bando de doze calots – ou cães selvagens – foi solto sobre elas.

Enquanto as feras, rosnando e espumando, dispararam sobre as mulheres virtualmente indefesas, virei minha cabeça, evitando a visão medonha que se seguiria. Os gritos e as gargalhadas da horda verde foram testemunhas da excelente qualidade do esporte e, quando me voltei para a arena, após Kantos Kan dizer que estava tudo acabado, vi três calots vitoriosos, rugindo e rosnando sobre os corpos de suas presas. As mulheres tinham dado um bom trabalho a eles.

A seguir, um zitidar ensandecido foi solto entre os cães, e assim se seguiu todo aquele longo, quente e horripilante dia.

No decorrer do dia, fui colocado primeiro contra homens, depois contra feras; mas, como estava armado com uma espada longa e sempre suplantei meus adversários em agilidade – e geralmente em força –, aquilo foi brincadeira de criança para mim. Uma vez após outra mereci o aplauso da multidão sedenta de sangue e, perto do final, havia gritos que diziam para eu ser retirado da arena e ser feito membro das hordas de Warhoon.

Finalmente, havia apenas três de nós: um grande guerreiro verde de alguma horda do norte longínquo, Kantos Kan e eu.

Os outros dois deviam se enfrentar, e então eu lutaria contra o ganhador pela liberdade que premiava o último vitorioso.

Kantos Kan havia lutado diversas vezes durante o dia e, assim como eu, havia sempre saído vencedor, embora ocasionalmente por uma pequena vantagem, especialmente quando colocado contra guerreiros verdes. Eu tinha poucas esperanças de que ele pudesse derrotar esse gigantesco adversário que havia moído a todos no decorrer do dia. O indivíduo chegava a quase cinco metros de altura, enquanto Kantos Kan estava alguns centímetros abaixo de um e oitenta. Ao avançarem para se encontrar, vi pela primeira vez um truque dos espadachins marcianos que concentrava toda a esperança de vitória e da vida de Kantos Kan em um lance de sorte. Ao chegar a cerca de seis metros de distância do gigante, ele pendeu o braço que empunhava sua espada para trás, sobre seu ombro, e com um movimento de pêndulo arremessou sua arma com grande força, mirando o guerreiro verde adiante. Ela voou reta como uma flecha e, atingindo o coração do pobre diabo, derrubou-o morto sobre o chão da arena.

Agora, Kantos Kan e eu deveríamos nos enfrentar, mas, quando nos aproximamos para o encontro, sussurrei a ele que prolongasse o combate até perto do cair da noite na esperança de encontrarmos alguma forma de escapar. A horda evidentemente percebeu que não estávamos no espírito de lutar um contra o outro e nos vaiavam com raiva porque nenhum de nós disparava golpes fatais. Quando vi a escuridão repentina chegando, murmurei a Kantos Kan para simular um golpe entre meu braço esquerdo e meu corpo. Quando ele o fez, cambaleei para trás, prendendo a espada firmemente com meu braço, e então caí ao chão com sua arma aparentemente se projetando de meu peito. Kantos Kan percebeu meu truque e rapidamente se colocou ao meu lado, pousando seu pé sobre meu pescoço, e recolheu sua espada de meu corpo para dar o golpe de misericórdia, cortando minha veia jugular. No entanto, nessa hora a lâmina fria atingiu inofensivamente a areia da arena. Na escuridão que agora nos cobria, ninguém podia dizer que ele não havia dado cabo de minha vida. Sussurrei a ele que fosse reclamar sua liberdade e que me procurasse nas colinas ao leste da cidade. E assim ele se foi.

Quando o anfiteatro ficou vazio, rastejei furtivamente até o alto e, como a grande escavação ficava distante da praça, em um local ermo da grande cidade abandonada, alcancei as colinas ao longe sem maiores problemas.

CAPÍTULO XX

Na usina de atmosfera

Por dois dias esperei ali por Kantos Kan, mas, como ele não apareceu, comecei a caminhar para o noroeste, em direção ao ponto onde ele havia dito que se localizava a hidrovia mais próxima. Minha única alimentação se baseava no leite vegetal das plantas, que forneciam tão generosamente esse fluido valioso.

Por duas longas semanas errei, cambaleando pelas noites, guiado somente pelas estrelas e escondendo-me durante o dia atrás de alguma saliência de rocha ou entre as colinas ocasionais que cruzava. Várias vezes fui atacado por feras selvagens. Monstruosidades estranhas e grotescas pulavam sobre mim no escuro, forçando-me a carregar minha espada longa constantemente em punho, sempre preparado a enfrentá-las. Normalmente, meu estranho e recentemente adquirido poder telepático me alertava com tempo suficiente, mas uma vez me vi com presas odiosas em minha jugular e uma cara peluda contra a minha antes que eu sequer soubesse que estava em perigo.

Que tipo de coisa estava sobre mim, não sei dizer, mas que era grande, pesada e com muitas pernas, isso eu pude sentir. Minhas mãos estavam em sua garganta antes que as presas tivessem chance de se enterrar em meu pescoço. Vagarosamente, forcei sua cara peluda para longe de mim e cerrei meus dedos como um alicate sobre sua traqueia.

Sem emitir som enquanto estávamos no chão, a fera empregou toda a sua força para me alcançar com suas terríveis presas enquanto eu me desdobrava para continuar meu aperto, sufocando-a à medida que tentava mantê-la longe de minha garganta. Lentamente, meus braços cederam devido ao embate desigual e, centímetro a centímetro, os olhos faiscantes e os caninos reluzentes de meu antagonista chegavam cada vez mais perto de mim. Em determinado ponto, quando sua cara peluda tocou novamente a minha, percebi que tudo estava acabado. Nesse momento, uma massa viva de destruição saltou da escuridão em volta e caiu sobre a criatura que me mantinha preso ao chão. Os dois rolaram rosnando sobre o musgo, rasgando e dilacerando um ao outro de uma maneira amedrontadora; entretanto, em pouco tempo tudo estava acabado, e meu salvador se postou com a cabeça abaixada sobre a garganta da coisa morta que desejava me matar.

A lua mais próxima, surgindo repentinamente sobre o horizonte e iluminando o cenário barsoomiano, mostrou que meu guardião era Woola, mas eu não sabia dizer de onde havia vindo ou como me havia encontrado. Desnecessário citar que eu estava alegre por seu companheirismo, embora meu prazer em vê-lo se misturasse à ansiedade por tê-lo deixado com Dejah Thoris. Eu tinha certeza de que somente sua morte explicaria Woola ter se distanciado dela, tão leal que era em obedecer aos meus comandos.

Agora, sob a luz das luas fulgurantes, vi que ele era apenas uma sombra de sua antiga forma. E, quando ele se desviou de meus afagos e começou a devorar avidamente a carcaça aos meus pés, entendi que o pobre companheiro estava mais do que faminto. Eu mesmo estava apenas um pouco menos apurado, mas não consegui me forçar a comer a carne crua e não possuía meios de acender um fogo. Quando Woola terminou sua refeição, retomei minha cansativa e aparentemente infinita caminhada em busca da suposta hidrovia.

Ao alvorecer do décimo quinto dia de minha jornada, fiquei radiante ao avistar as altas árvores que anunciavam o objeto de minha busca. Por volta do meio-dia me arrastei dolorosamente até os portais de uma grande construção que talvez cobrisse seis quilômetros quadrados e tinha uma altura de sessenta metros. Não apresentava nenhuma abertura em suas poderosas paredes, exceto uma pequena porta perto da qual me esparramei, exausto. Não havia sinal de vida alguma à vista.

Não pude encontrar uma campainha ou outro meio de fazer que minha presença fosse percebida pelos habitantes daquele lugar, a não ser que uma pequena abertura na parede próxima à porta servisse a esse propósito. Era quase tão pequena quanto um lápis comum. Deduzi que aquilo devia ser algum tipo de bocal e levei minha boca até ele. Quando estava pronto para falar em seu interior, uma voz veio dali perguntando quem eu era, de onde vinha e qual a natureza de minha jornada.

Expliquei que havia escapado dos warhoons e que estava morrendo de fome e exaustão.

– Você veste o metal de um guerreiro, está sendo seguido por um calot e ainda assim tem a aparência de um homem vermelho. Sua cor não é nem verde nem vermelha. Em nome do nono dia, que tipo de criatura é você?

– Sou um amigo dos homens vermelhos de Barsoom e estou faminto. Em nome da humanidade, por favor, abra – respondi.

Na mesma hora a porta começou a se afastar diante de mim e foi se afundando para dentro da parede por cerca de quinze metros para então deslizar suavemente para a esquerda, expondo um corredor curto e estreito, feito de concreto. Do outro lado dele havia outra porta, parecida em todos os aspectos com a primeira que eu havia acabado de passar. Não havia ninguém à vista, mas, imediatamente após passarmos pela porta, ela deslizou mansamente de volta ao seu lugar atrás de nós e se afastou rapidamente até sua posição original, na parede frontal da construção. Conforme a porta deslizou para o lado, notei sua grande espessura, que chegava facilmente a cinco metros. Quando voltou ao seu lugar após se fechar atrás de nós, grandes cilindros de aço haviam se soltado do teto atrás dela e se encaixado em suas extremidades inferiores, em largas aberturas no piso.

– Seu depoimento é bastante extraordinário – disse a voz, após terminar seu interrogatório. – Mas você evidentemente fala a verdade, assim como é evidente que não é de Barsoom. Posso ver isso observando a formação de seu cérebro, a estranha localização de seus órgãos internos e a forma e o tamanho de seu coração.

– Consegue ver através de mim? – exclamei.

– Sim, consigo ver tudo, exceto seus pensamentos. Se você fosse um barsoomiano, eu poderia lê-los.

Então, a porta se abriu do outro lado da câmara e um homem estranho e ressecado como uma múmia veio em minha direção. Ele vestia somente um único artigo de vestuário ou enfeite, um pequeno colar de ouro do qual pendia sobre seu peito um grande ornamento, do tamanho de um prato de jantar incrustado com grandes diamantes em toda a volta, reservando o centro exato para uma pedra estranha, de dois centímetros e meio de diâmetro, que cintilava nove raios diferentes. Eram as sete cores de nosso prisma terreno e dois outros lindos raios que, para mim, eram novos e ainda sem nome. Não consigo descrevê-los muito além de como se descreve o vermelho a um cego. Somente sei que são belos ao extremo.

O velho sentou-se e falou comigo por horas. A parte mais esquisita de nosso encontro foi ter sido capaz de ler todos os seus pensamentos, enquanto ele não podia vislumbrar sequer uma fração dos meus, exceto se eu falasse.

Eu não podia informá-lo de minha habilidade de sentir suas operações mentais e, portanto, aprendi muito com ele – o que seria de grande valia para mim posteriormente. Eram coisas que eu nunca saberia se ele suspeitasse de meu poder alienígena porque os marcianos têm perfeito controle do funcionamento de suas mentes, sendo capazes de direcionar seus pensamentos com absoluta precisão.

A construção na qual eu me encontrava continha o maquinário que produz a atmosfera artificial que sustenta Marte. O segredo de todo o processo é focado no uso do nono raio, uma das grandes cintilações que notei emanando da grande pedra no diadema de meu anfitrião.

Esse raio é separado dos outros raios do Sol ao passar por instrumentos cuidadosamente ajustados e colocados no telhado da grande construção. Três quartos dela são reservatórios nos quais o nono raio é armazenado. Esse produto é tratado eletricamente, ou seja, certas porções das refinadas vibrações elétricas são incorporadas a ele, e em seguida o produto é bombeado para os cinco principais centros de ar do planeta, onde, quando liberado, entra em contato com o éter espacial e se transforma em atmosfera.

Há sempre uma reserva suficiente do nono raio estocada na grande construção para manter a atual atmosfera marciana por mil anos. O único temor, como meu velho amigo contou, era que algum acidente se abatesse sobre os aparelhos de bombeamento.

Ele me levou até uma câmara interna onde pude ver a bateria de vinte bombas de rádio, cada qual destinada à tarefa de prover Marte inteiro com o composto atmosférico. Por oitocentos anos, disse o velho, ele havia vigiado essas bombas, que eram usadas em alternância a cada período – equivalente a pouco mais de vinte e quatro horas e meia da contagem terrestre. Ele tinha um assistente com quem dividia os turnos. Cada um desses homens passava meio ano marciano, perto de trezentos e quarenta e quatro de nossos dias, sozinho nessa edificação isolada.

Todo marciano vermelho é ensinado, já nos primeiros anos da infância, a produzir atmosfera, mas somente dois por vez detêm o privilégio de ingressar no grande edifício que, construído com suas muralhas de quarenta e cinco metros de espessura, é absolutamente inexpugnável. Seu teto é protegido de ataques aéreos por uma cobertura de vidro de um metro de meio de espessura.

O único temor que guardam é o ataque de marcianos verdes ou de algum homem vermelho ensandecido, porque todos os barsoomianos sabem que a própria existência da vida em Marte depende do funcionamento ininterrupto dessa usina.

Um fato curioso que descobri enquanto observava seus pensamentos é que as portas externas são manipuladas por meio telepático. As trancas são tão perfeitamente ajustadas que as portas se movem pela ação de certa combinação de ondas mentais. Para experimentar meu novo brinquedo, pensei em surpreendê-lo revelando sua combinação e, assim, perguntei como ele havia feito para abrir portas tão imensas de dentro das câmaras internas da fortaleza. Rápido como um raio, fez saltar de sua mente nove sons marcianos, que em seguida desapareceram quando ele me respondeu que se tratava de um segredo que não podia divulgar.

Dali em diante, mudou seu tratamento para comigo como se temesse ter sido surpreendido divulgando seu grande segredo. Li desconfiança e medo em seu olhar e em seu pensamento, apesar de suas palavras continuarem simpáticas.

Antes de me recolher para dormir, ele prometeu que me daria uma carta para um produtor de uma plantação próxima que me ajudaria a chegar a Zodanga, que, segundo disse, era a cidade marciana mais próxima.

– Mas certifique-se de não os deixar saber que está indo para Helium, porque estão em guerra com aquele país. Meu assistente e eu não somos de nenhum país, pertencemos a Barsoom inteiro, e esse talismã que usamos nos protege em todas as terras, mesmo entre os homens verdes. Mas, ainda assim, não confiamos muito neles e os evitamos – ele adicionou.

– Portanto, boa noite, meu amigo – ele continuou. – Desejo-lhe uma noite longa e revigorante de sono. Sim, um longo sono.

Então, mesmo que sorrisse prazerosamente, vi em seus pensamentos que ele desejava nunca ter me deixado entrar. Em seguida, vi a imagem dele parado sobre mim durante a noite, e o golpe rápido de uma longa adaga e as palavras obtusas se formaram: "Desculpe, mas isto é pelo bem de Barsoom".

Quando fechou a porta de minha câmara atrás de si, seus pensamentos foram desligados de mim, assim como sua presença, o que me pareceu estranho por meu parco conhecimento sobre transferência mental.

O que eu devia fazer? Como poderia escapar por aquelas poderosas paredes? Eu poderia matá-lo facilmente agora que estava ciente, mas, uma vez morto, não poderia escapar e, com as máquinas paradas na grande usina, eu morreria junto com todos os outros habitantes do planeta. Todos, até mesmo Dejah Thoris, se ainda não estivesse morta. Para os outros, eu não dava a mínima, mas a lembrança de Dejah Thoris levou para longe de minhas ideias o desejo de matar meu anfitrião desprevenido.

Cautelosamente, abri a porta do meu apartamento e saí, seguido por Woola. Um plano ousado me ocorreu de repente: tentaria forçar as grandes travas com as nove ondas mentais que havia lido na mente de meu hospedeiro.

Rastejando furtivamente corredor após corredor, e agora por corredores serpenteantes que guinavam para lá e para cá, finalmente alcancei o grande saguão no qual havia quebrado meu longo jejum naquela manhã. Não tive sinal de meu anfitrião, nem sabia para onde ele se retirava durante a noite.

Eu estava a ponto de entrar bravamente na sala quando um leve barulho atrás de mim me fez continuar nas sombras de uma reentrância no corredor. Arrastando Woola comigo, fiquei agachado na escuridão.

Na mesma hora, o velho homem passou perto de mim enquanto entrava na mesma sala fracamente iluminada que eu estava prestes a atravessar. Vi que ele levava uma longa e fina adaga em sua mão e que estava afiando sua ponta em uma pedra. Em sua mente havia a decisão de inspecionar as bombas de rádio, o que lhe tomaria cerca de trinta minutos e, em seguida, retornaria à minha câmara e daria cabo de mim.

Quando ele passou pelo grande salão e desapareceu corredor abaixo na direção da sala de bombas, deixei sorrateiramente meu esconderijo e cruzei a grande porta, a mais interna das três que me separavam da liberdade.

Concentrando minha mente na fechadura maciça, disparei as nove ondas de pensamento contra ela. Em expectativa sufocante, esperei até quando a grande porta se moveu suavemente em minha direção e deslizou em silêncio para um dos lados. Um após o outro, os grandes portais se abriram ao meu comando, e Woola e eu saímos para a escuridão, livres, mas não em melhores condições do que estávamos antes – exceto por agora estarmos de estômago cheio.

Apressando-me para longe das sombras dos formidáveis blocos, cheguei até a primeira encruzilhada, pretendendo atingir a primeira estrada o mais rápido possível. Cheguei a ela perto do amanhecer. Adentrando a primeira área delimitada que encontrei, procurei por evidências de alguma habitação.

Havia ali prédios de concreto de formato irregular lacrados por portas intransponíveis e pesadas, às quais nenhuma quantidade de batidas ou chamados obteve resposta. Cansado e esgotado pela falta de sono, joguei-me no chão, ordenando que Woola ficasse de guarda.

Algum tempo depois fui acordado por um amedrontador rosnado e abri meus olhos para ver três marcianos vermelhos parados a uma curta distância, seus rifles mirados contra nós.

– Estou desarmado e não sou inimigo – apressei-me em explicar. – Fui prisioneiro dos homens verdes e estou a caminho de Zodanga. Tudo o que peço é comida e descanso para mim e meu calot, bem como as indicações corretas para atingir meu destino.

Eles baixaram seus rifles e avançaram com satisfação até mim, pousando suas mãos direitas sobre meu ombro esquerdo – sua maneira habitual de saudação – enquanto faziam muitas perguntas sobre mim e minhas jornadas errantes. Em seguida, me levaram até a casa de um deles, que ficava próxima.

As construções que visitei durante boa parte da manhã eram ocupadas apenas pelo gado e por produtos da fazenda. A aconchegante casa ficava em um bosque de árvores enormes e, como todos os lares dos marcianos vermelhos, durante a noite erguia-se do chão entre doze e quinze metros sobre um pilar de metal que corria para cima e para baixo dentro de uma luva enterrada no solo, operada por um pequeno motor de rádio na entrada do saguão da construção. Em vez de se incomodarem com barras e parafusos para suas habitações, os marcianos vermelhos simplesmente as elevavam para longe dos perigos da noite. Eles também tinham meios próprios de descer ou se elevar do chão se quisessem sair dos domicílios.

Esses irmãos, com suas esposas e filhos, ocupavam três casas similares na fazenda. Eles próprios não trabalhavam, por serem oficiais a serviço do governo. O esforço físico era realizado por condenados, prisioneiros de guerra, delinquentes sociais e solteiros inveterados, pobres demais para pagar a alta taxa celibatária que todos os governos de marcianos vermelhos impunham.

Os irmãos eram a personificação da cordialidade e da hospitalidade. Passei vários dias ali, repousando e me recuperando de minhas longas e árduas experiências.

Quando já haviam ouvido minha história – da qual omiti qualquer referência a Dejah Thoris e ao velho da usina de atmosfera –, me aconselharam a pintar o corpo com uma cor que lembrasse mais os de sua raça para então tentar um emprego em Zodanga, fosse no exército ou na armada.

– As chances de acreditarem em seu relato antes que você prove ser confiável e faça amigos entre a alta nobreza da corte são remotas. E isso você pode conseguir facilmente por meio do serviço militar, porque somos um povo bélico de Barsoom – explicou um deles – e guardamos nossos maiores favores para os grandes lutadores.

Quando eu estava pronto para partir, me forneceram um pequeno macho thoat domesticado, que é usado como montaria por todos os marcianos vermelhos. O animal tem o tamanho aproximado de um cavalo, é muito gentil, mas é uma réplica exata em cores e forma de seus primos enormes e ferozes na natureza.

Os irmãos me haviam dado também um óleo avermelhado com o qual untei meu corpo todo. Um deles cortou meu cabelo, que haviam crescido muito no decorrer do tempo. Quadrado atrás e com uma franja na frente, para que assim eu transitasse por todo lado em Barsoom como um legítimo marciano vermelho. Meus metais e ornamentos também tiveram seu estilo renovado para o de um cavalheiro zodangano, membro da casa de Ptor, que era o nome de família de meus benfeitores.

Eles encheram minha bolsa lateral com dinheiro zodangano. O sistema monetário em Marte é parecido com o nosso, exceto pelo fato de as moedas serem ovais. Cédulas de dinheiro são emitidas pelos próprios indivíduos conforme suas necessidades e compensadas uma vez ao ano. Se um homem emite mais do que pode saldar, o governo paga seus credores completamente e o endividado quita seu débito nas fazendas ou nas minas, que são todas de propriedade do governo. É um bom modelo, exceto para os endividados, por ser difícil encontrar trabalhadores voluntários suficientes para as grandes fazendas isoladas de Marte, que se estendem em estreitas faixas de polo a polo, passando por vastidões povoadas por animais selvagens e homens mais selvagens ainda.

Quando mencionei a impossibilidade de retribuir sua gentileza, me asseguraram que eu teria amplas oportunidades para isso – se eu vivesse bastante tempo em Barsoom. Acenaram seu adeus até que eu sumisse de vista sobre a estrada larga e branca.

CAPÍTULO XXI

Um patrulheiro aéreo de Zodanga

Em minha jornada rumo a Zodanga muitas visões estranhas e interessantes chamaram minha atenção e, nas diversas casas de fazenda onde fiz parada, aprendi diversas coisas novas e instrutivas relativas aos métodos e costumes de Barsoom.

A água que irriga as fazendas de Marte é coletada em imensos reservatórios subterrâneos que recolhem o gelo derretido das calotas nos dois polos e o bombeiam por longas tubulações aos vários centros povoados. Margeando essas tubulações, por toda a sua extensão, estão as regiões cultivadas, as quais são divididas em lotes de metragens similares, cada qual sob supervisão de um ou mais oficiais a serviço.

Em vez de inundar a superfície dos campos – perdendo quantidades imensas através da evaporação –, o precioso líquido é levado pelo subsolo por uma vasta rede de encanamentos menores diretamente às raízes da vegetação. As plantações sobre Marte são sempre uniformes por não haver secas, chuvas, ventanias, insetos nem aves daninhas.

Nessa viagem provei o primeiro pedaço de carne desde que havia deixado a Terra, na forma de filés suculentos e cortes dos animais domésticos bem tratados da fazenda. Também provei as suculentas frutas e vegetais, mas nenhum componente dessa culinária era exatamente igual a qualquer coisa da Terra. Toda planta, flor, vegetal e animal vem sendo refinada por eras de cuidadoso cultivo e criação científica que, se comparada, reduz os métodos da Terra a pálidas, tênues e comuns tentativas.

Na segunda parada encontrei algumas pessoas altamente cultas e de classe nobre e, enquanto conversávamos, o assunto se voltou para Helium. Um dos homens mais velhos havia estado lá em diversas missões diplomáticas alguns anos antes e falou com arrependimento das condições que pareciam manter a eterna guerra desses dois países.

– Helium – ele disse – certamente ostenta as mulheres mais belas de Barsoom e, de todos os seus tesouros, a maravilhosa filha de Mors Kajak, Dejah Thoris, é sua flor mais perfeita.

– Ora – ele adicionou –, o povo realmente venera o chão em que ela pisa e, desde sua perda em uma expedição desafortunada, toda Helium se reveste de lamentação.

"O fato de nosso regente ter atacado e desmantelado a frota enquanto esta retornava a Helium foi nada mais do que outra gafe terrível que, temo, mais cedo ou mais tarde obrigará Zodanga a elevar um homem mais sábio a seu lugar.

"Mesmo agora, embora nossos exércitos estejam cercando Helium, o povo de Zodanga está manifestando seu descontentamento porque a guerra não tem apoio, uma vez que não é baseada em direitos ou justiça. Nossas forças se beneficiam da ausência da principal frota de Helium, que busca a princesa, e assim poderão facilmente reduzir a cidade a um lastimável fim. Dizem que ela cairá nas próximas passagens da lua mais próxima."

– E o que acha que deve ter acontecido à princesa Dejah Thoris? – perguntei, tão casualmente quanto possível.

– Ela está morta – respondeu. – Isso foi revelado por um guerreiro verde recentemente capturado por nossas forças ao sul. Ela escapou das hordas de Thark com uma estranha criatura de outro mundo, apenas para cair nas mãos dos warhoons. Seus thoats foram encontrados vagando sobre o fundo do mar e evidências de um combate sangrento foram descobertas nos arredores.

Ao mesmo tempo que essa informação não era animadora, também não era prova conclusiva da morte de Dejah Thoris. Assim, decidi fazer todo esforço possível para chegar a Helium o mais rápido que pudesse e levar a Tardos Mors todas as informações que eu possuía sobre a possível situação de sua neta.

Dez dias depois de deixar os três irmãos Ptor, cheguei a Zodanga. A partir do momento em que entrei em contato com os habitantes vermelhos de Marte, notei que Woola chamava uma atenção indesejada sobre mim, uma vez que o bruto pertencia a uma espécie que nunca fora domesticada pelos homens vermelhos. Se alguém passeasse pela Broadway com um leão númida ao seu lado, o efeito seria parecido ao que eu causaria se entrasse em Zodanga com Woola.

A ideia de me separar de meu fiel companheiro causava um remorso tão grande e uma tristeza tão genuína que protelei o fato até momentos antes de chegarmos aos portões da cidade. Mas ali, finalmente, tornou-se imperativo que nos separássemos. Não fosse por minha segurança e objetivos estarem em jogo, nenhum motivo seria suficiente para me fazer deixar a única criatura de Barsoom que nunca havia falhado em suas demonstrações de afeição e lealdade. Mas enquanto estava disposto a oferecer minha vida a serviço daquela que eu procurava, e pela qual estava prestes a desafiar os perigos ocultos desta ainda misteriosa cidade, eu não poderia permitir sequer que a vida de Woola ameaçasse o sucesso de minha tentativa, muito menos sua felicidade momentânea, porque duvidava que ele me esquecesse logo. E assim acenei meu afetuoso adeus à pobre fera, prometendo a ele, contudo, que se eu sobrevivesse à minha aventura encontraria meios de procurá-lo.

Ele pareceu entender tudo e, quando apontei para a direção de Thark, ele se voltou angustiado e não pude sequer suportar observar sua partida. Resolutamente voltei meu rosto na direção de Zodanga e, com o coração apertado, avancei para as muralhas carrancudas.

A carta que eu trazia me garantiu entrada imediata na vasta e fortificada cidade. Era muito cedo ainda e as ruas estavam praticamente desertas. As residências se elevavam altas sobre suas colunas de metal, lembrando grandes casas de pássaros, enquanto os próprios pilares tinham a aparência de troncos de árvores metálicos. As lojas, em geral, não eram elevadas do chão e não tinham suas portas trancadas ou obstruídas porque o furto era uma atividade praticamente desconhecida em Barsoom. Assassinato é um medo constante para todos os barsoomianos, e por essa razão seus lares são colocados longe do chão à noite ou em tempos de perigo.

Os irmãos Ptor haviam me dado instruções específicas para chegar ao ponto da cidade onde encontraria acomodações próximas aos escritórios dos agentes do governo aos quais eu tinha cartas endereçadas. Meu caminho me levou ao quarteirão central da praça, uma característica de todas as cidades marcianas.

A praça de Zodanga cobre um quilômetro e meio quadrado e é delimitada pelos palácios do jeddak, dos jeds e de outros membros da realeza e da nobreza de Zodanga, assim como os principais prédios públicos, os cafés e as lojas.

Ao atravessar o grande quarteirão, admirado e surpreso com as magníficas construções e a belíssima vegetação vermelha que acarpetava os largos gramados, descobri um marciano vermelho caminhando ligeiro em minha direção, vindo de uma das avenidas. Ele não prestou a menor atenção em mim, mas chegou perto o bastante para que eu o reconhecesse. Virei-me e coloquei minha mão em seu ombro, chamando:

– Kaor, Kantos Kan!

Ele se virou como um relâmpago e, antes que eu pudesse baixar minha mão, a ponta de sua espada já estava em meu peito:

– Quem é você? – ele rosnou, enquanto eu dava um passo para trás que me levaria a cinco metros de sua espada. Ele baixou a arma para o chão e exclamou, rindo:

– Não preciso de resposta melhor, pois há somente um homem em Barsoom que pode quicar como uma bola de borracha. Pela mãe da lua próxima, John Carter, como chegou aqui e, diga, você virou um darseen para conseguir mudar de cor quando quiser?

– Por um minuto você me deu um susto, meu amigo – ele continuou, após eu fazer um breve resumo de minhas aventuras desde que nos separamos na arena de Warhoon.

– Se meu nome e cidade forem revelados aos zodanganos,

eu logo estarei nos bancos do Mar Perdido de Korus com meus respeitados e falecidos ancestrais. Estou aqui em prol dos interesses de Tardos Mors, jeddak de Helium, para descobrir o paradeiro de nossa princesa. Sab Than, príncipe de Zodanga, a mantém escondida na cidade e apaixonou-se perdidamente por ela. Seu pai, Than Kosis, jeddak de Zodanga, arranjou um casamento voluntário para seu filho pelo preço da paz entre nossos países, mas Tardos Mors não cederá às exigências e enviou a mensagem de que seu povo preferiria olhar o rosto morto de sua princesa a casá-la contra sua vontade, e que ele pessoalmente prefere ser envolvido pelas cinzas de uma Helium derrotada e incendiada do que unir o metal de sua casa com o de Than Kosis. Sua resposta foi a mais imperdoável afronta que poderia dar a Than Kosis e aos zodanganos, mas seu povo o ama por isso e seu poder em Helium hoje é maior do que nunca.

– Estou aqui há três dias – continuou Kantos Kan –, mas ainda não consegui encontrar o lugar onde Dejah Thoris está aprisionada. Hoje me juntarei à armada como patrulheiro aéreo. Espero assim conseguir a confiança do príncipe Sab Than, que comanda essa divisão, e então encontrá-la. Estou feliz que esteja aqui, John Carter, porque sei de sua lealdade à princesa e, se trabalharmos juntos, poderemos ser mais bem-sucedidos.

A praça agora começava a ser preenchida por pessoas indo e vindo em suas atividades diárias. As lojas estavam sendo abertas e os cafés se enchiam com os primeiros clientes da manhã. Kantos Kan me levou a um desses maravilhosos restaurantes onde fomos servidos inteiramente por aparatos mecânicos. Nenhuma mão havia tocado a comida desde que havia entrado no prédio em seu estado natural até que emergisse, quente e deliciosa, sobre as mesas diante dos consumidores, em resposta aos pequenos botões que apertavam indicando seus pedidos.

Após nossa refeição, Kantos Kan levou-me ao quartel-general do esquadrão da patrulha aérea e, apresentando-me ao seu superior, pediu que eu fosse alistado como membro da unidade. De acordo com os costumes, um exame se fez necessário, mas Kantos Kan me avisou para nada temer sobre esse obstáculo porque cuidaria do assunto. Ele conseguiu isso entregando meu pedido de exame para o oficial de revista e se apresentando como John Carter.

– Esse ardil será descoberto depois – explicou animadamente –, quando forem checar minha altura, medidas e outras informações de cunho pessoal, mas levará meses até que isso aconteça, e até lá nossa missão estará completada ou teremos falhado muito tempo antes disso.

Os próximos dias se passaram com Kantos Kan me ensinando os fundamentos de voo e do conserto dos delicados e pequenos aparelhos que os marcianos usam para esse propósito. O tamanho dessa nave de um lugar é de cerca de cinco metros de comprimento, sessenta centímetros de largura e dez centímetros de espessura, estreitando-se nas duas pontas. O piloto senta-se sobre esse avião em um assento construído logo acima de um pequeno e silencioso motor de rádio que o propulsiona. O meio da força de ascensão fica contido dentro de finas paredes de metal presas à fuselagem e consiste em oito raios barsoomianos, ou raios de propulsão, assim designados em face de suas propriedades.

Esse raio, como o nono raio, é desconhecido na Terra, mas os marcianos descobriram que se trata de uma propriedade inerente a toda luz, não importando de que fonte emane. Eles aprenderam que é o oitavo raio do sol que propele sua luz aos vários planetas e que é o oitavo raio de cada um dos planetas que "reflete" ou propulsiona a luz obtida novamente de volta ao espaço. O oitavo raio solar seria absorvido pela superfície de Barsoom, mas o oitavo raio barsoomiano, que tende a propagar a luz de Marte no espaço, está constantemente vertendo para fora do planeta, constituindo uma força repulsora de gravidade que, quando confinada, é capaz de levantar enormes volumes de peso do solo.

Foi esse raio que permitiu o aperfeiçoamento da aviação, fazendo com que navios de guerra, muito mais pesados do que qualquer coisa conhecida na Terra, navegassem com graça e leveza pelo ar rarefeito de Barsoom como balões de gás na pesada atmosfera terrestre.

Durante os primeiros anos da descoberta desse raio, muitos acidentes estranhos aconteceram, ocorridos antes que os marcianos aprendessem a medir e controlar esse maravilhoso poder que descobriram. Por exemplo, por volta de novecentos anos atrás, a primeira belonave a ser construída com reservatórios para o oitavo raio foi abastecida com uma quantidade grande demais e navegou verticalmente sobre Helium, levando quinhentos oficiais e homens para nunca mais retornar.

Seu poder de repulsão do planeta era tão grande que a belonave foi levada para o espaço exterior, onde ainda pode ser vista hoje, com a ajuda de poderosos telescópios, velejando pelos céus a mais de quinze mil quilômetros de distância de Marte. Um pequenino satélite que orbitará Barsoom até o final dos tempos.

Fiz meu primeiro voo no quarto dia após minha chegada a Zodanga. Como resultado, recebi uma promoção que incluía acomodações no palácio de Than Kosis.

Quando me elevei sobre a cidade, voei em círculos várias vezes como havia visto Kantos Kan fazer. Depois, arremessei meu aparelho à velocidade máxima, acelerando cada vez mais em direção ao sul, seguindo uma das hidrovias que chegam a Zodanga por esse lado da cidade.

Eu já havia percorrido, talvez, trezentos quilômetros em pouco mais de uma hora quando enxerguei ao longe um bando de três guerreiros verdes marcianos correndo ensandecidos na direção de uma pequena figura a pé que parecia estar tentando alcançar os limites de um dos campos murados.

Inclinando minha máquina rapidamente em sua direção e fazendo um círculo pela retaguarda dos guerreiros, logo vi que o objeto de sua perseguição era um marciano vermelho vestindo o metal do esquadrão de patrulha ao qual eu estava servindo. A uma pequena distância além, jazia seu pequeno aparelho de voo, cercado pelas ferramentas que evidentemente ele estava usando para realizar o reparo de algum dano quando foi surpreendido pelos guerreiros verdes.

Nesse ponto, já estavam praticamente sobre ele; suas montarias levantavam poeira em extrema velocidade de ataque, atrás da figura relativamente pequena enquanto os guerreiros se inclinavam, abaixando-se para o lado direito, com suas grandes lanças revestidas de metal. Cada um parecia estar competindo para ser o primeiro a empalar o pobre zodangano e o momento seguinte poderia ter sido seu último, não fosse minha chegada providencial.

Guiando minha ágil aeronave a toda velocidade por trás dos guerreiros, logo os ultrapassei e, sem desacelerar, lancei a proa de meu pequeno aeroplano entre os ombros do guerreiro mais próximo. O impacto, suficiente para rasgar vários centímetros de metal sólido, arremessou o corpo decapitado do indivíduo sobre a cabeça de seu thoat, que caiu estendido sobre o musgo. As montarias dos outros dois guerreiros se viraram, relinchando de terror, e dispararam em direções opostas.

Reduzindo minha velocidade, circulei e pousei aos pés do surpreso zodangano. Ele foi caloroso em seus agradecimentos por minha ajuda oportuna e prometeu que o trabalho realizado me traria a recompensa merecida, porque a vida que eu havia salvado era simplesmente a do primo do jeddak de Zodanga.

Não perdemos mais tempo falando, pois sabíamos que os guerreiros certamente retornariam assim que recuperassem o controle de suas montarias. Precipitando-nos até sua máquina avariada, concentramos todos os nossos esforços para realizar os reparos necessários. Já havíamos quase terminado quando vimos os dois monstros verdes retornando a toda velocidade, vindos de direções opostas à nossa. Quando estavam a menos de cem metros de distância, novamente seus thoats começaram a refugar e se recusavam absolutamente a chegar mais perto da aeronave que os havia assustado.

Os guerreiros finalmente desmontaram e, amarrando seus animais, avançaram contra nós a pé, brandindo suas espadas longas.

Avancei para enfrentar o maior deles, dizendo ao zodangano que desse o seu melhor contra o outro. Eliminando meu homem com quase nenhum esforço – porque agora, após muita prática, isso havia se tornado habitual para mim –, corri de volta ao meu novo conhecido, a quem encontrei verdadeiramente em uma situação difícil.

Ele estava ferido e caído, com o enorme pé de seu antagonista na garganta e uma espada erguida contra ele para desferir o golpe fatal. Com um salto, cobri os quinze metros que nos separavam e, com a ponta estendida de minha espada, atravessei completamente o corpo do guerreiro verde. Sua espada caiu ao chão, inofensiva, e ele desabou desajeitadamente sobre a forma prostrada do zodangano.

Um exame superficial em meu companheiro não revelou ferimentos graves e, depois de um breve repouso, ele afirmou estar se sentindo bem o bastante para tentar a viagem de volta. Ele teria de pilotar sua própria nave, pois esses frágeis veículos não eram projetados para levar mais de uma pessoa.

Rapidamente, após terminarmos os reparos, subimos juntos aos céus calmos e sem nuvens de Marte e, em alta velocidade e sem novos incidentes, retornamos a Zodanga.

Ao nos aproximarmos da cidade, descobrimos uma grande confluência de pessoas e tropas reunidas no campo diante dela. O céu estava negro de veículos navais, naves particulares e públicas de lazer, ostentando longas bandeiras de seda com cores alegres e flâmulas de formatos estranhos e pitorescos.

Meu companheiro sinalizou para que eu reduzisse a marcha. Aproximando sua máquina da minha, sugeriu que nos aproximássemos para observar a cerimônia que, segundo ele, tinha o propósito de conferir honras aos oficiais e homens por bravura e outros serviços de relevância. Ele então desenrolou uma bandeira de navegação denotando que sua nave levava um membro da família real de Zodanga, e juntos abrimos caminho pela confusão de veículos planando próximos ao solo até pararmos diretamente acima do jeddak de Zodanga e seu estado-maior. Todos estavam montados nos pequenos thoats machos domesticados pelos marcianos vermelhos, e seus enfeites e ornamentos continham uma quantidade de penas coloridas tão maravilhosas que minha reação não podia ser outra além de encantamento com a impressionante semelhança que a multidão apresentava com uma tribo de índios vermelhos da minha Terra.

Um dos componentes do estado-maior chamou a atenção de Than Kosis para a presença de meu companheiro sobre eles e o regente sinalizou para que pousasse. Enquanto esperavam que as tropas se colocassem em posição à frente do jeddak, os dois se falavam animadamente, com o jeddak e seus subordinados olhando ocasionalmente em minha direção. Eu não podia ouvir sua conversa, que logo terminou, e todos desmontaram enquanto o último batalhão das tropas se punha em posição perante seu imperador. Um membro do estado-maior se adiantou na direção das divisões e, chamando o nome de um soldado, ordenou que avançasse. O oficial então descreveu a natureza heroica do ato, que havia obtido a aprovação do jeddak; então este se adiantou e colocou um ornamento de metal sobre o braço esquerdo daquele homem de sorte.

Dez homens foram condecorados dessa forma quando um assistente gritou:

– John Carter, patrulheiro aéreo!

Nunca fiquei tão surpreso em toda a minha vida, mas o hábito da disciplina militar é forte dentro de mim. Pousei minha pequena máquina suavemente no chão para avançar a pé, como havia visto os outros fazerem. Quando parei diante do oficial, ele se dirigiu a mim com uma voz que podia ser ouvida por todo o agrupamento de tropas e espectadores.

– Em reconhecimento, John Carter – disse ele –, por sua notável coragem e habilidade em defender o primo do jeddak Than Kosis e, sem ajuda, subjugar três guerreiros verdes. É um prazer para nosso jeddak conferir a você a marca de nossa gratidão.

Than Kosis então se dirigiu até mim e, colocando um ornamento sobre meu corpo, disse:

– Meu primo narrou os detalhes de seu maravilhoso feito, que me parece bem próximo do que chamaria de milagroso e, se pôde defender tão bem um primo do jeddak, quão bem poderia defender a pessoa do próprio jeddak? De agora em diante você é nomeado um padwar dentre a guarda e ficará alojado em meu palácio.

Eu lhe agradeci e, seguindo sua indicação, me juntei ao seu estado-maior. Após a cerimônia, devolvi minha máquina à garagem na laje dos galpões do esquadrão de patrulha aérea e, com um servente da corte para me guiar, fui ter com o oficial encarregado do palácio.

CAPÍTULO XXII

Meu encontro com Dejah

O intendente a quem me reportei havia recebido instruções para me posicionar perto do jeddak porque, em tempos de guerra, sempre há o risco de assassinato. A regra de que na guerra tudo vale parece resumir todo o valor ético dos conflitos marcianos.

Assim, ele me acompanhou ao apartamento ocupado por Than Kosis naquele momento. O regente estava tendo uma conversa com seu filho, Sab Than, e vários cortesãos de sua casa, e não notou minha presença.

As paredes do aposento eram completamente cobertas por esplêndidas tapeçarias que escondiam quaisquer janelas ou portas que pudessem estar por trás delas. O cômodo era iluminado por raios de sol aprisionados entre o telhado propriamente dito e o que aparentava ser um teto falso de vidro opaco, alguns centímetros abaixo.

Meu guia afastou uma das tapeçarias para o lado, revelando uma passagem que circundava o cômodo entre os itens pendurados e as paredes da câmara. Eu deveria ficar dentro dessa passagem, disse ele, enquanto Than Kosis estivesse no apartamento. Quando ele saísse, eu deveria segui-lo. Minha única tarefa era guardar o regente e me manter escondido o máximo possível. Eu seria rendido após um período de quatro horas. Após isso, o intendente se foi.

As tapeçarias eram de uma trama estranha que lhes davam a aparência de uma pesada solidez de um lado, mas, de onde eu me escondia, podia observar tudo o que acontecia no aposento como se não houvesse nenhuma barreira se interpondo.

Mal eu havia tomado meu posto, a tapeçaria do outro lado da câmara se abriu, dando passagem a quatro soldados da guarda que cercavam uma figura feminina. Ao se aproximarem de Than Kosis, os soldados se separaram para os lados e ali, parada diante do jeddak – e a menos de três metros de mim –, estava a face sorridente e radiante de Dejah Thoris.

Sab Than, príncipe de Zodanga, se adiantou para encontrá-la e, de mãos dadas, vieram para perto do jeddak. Than Kosis olhou para cima, surpreso e, levantando-se, saudou-a.

– A que estranha anomalia devo esta visita da princesa de Helium que, há dois dias, em uma rara consideração à minha vaidade, me assegurou que preferiria Tal Hajus, o thark verde, a meu filho?

Dejah Thoris apenas sorriu e, com suas covinhas ardilosas ladeando os cantos da boca, lhe dirigiu sua resposta:

– Em Barsoom, desde o início dos tempos, tem sido uma prerrogativa feminina mudar de ideia e fingir sobre os assuntos do coração. Por isso deve me perdoar, Than Kosis, como seu filho o fez. Dois dias atrás eu não tinha certeza de seu amor por mim, mas agora tenho e venho implorar que esqueça minhas duras palavras. Aceite a promessa da princesa de Helium de que, quando for chegada a hora, ela se casará com Sab Than, príncipe de Zodanga.

– Fico feliz que tenha decidido assim – replicou Than Kosis. – Está longe de meus desejos guerrear contra o povo de Helium. Sua promessa deve ser registrada e uma proclamação ao meu povo deve ser anunciada imediatamente.

– Seria melhor, Than Kosis – interrompeu Dejah Thoris –, que a proclamação esperasse até o fim desta guerra. Soaria muito estranho para o meu povo e o seu se a princesa de Helium se entregasse ao inimigo de seu país em meio às hostilidades.

– E não se pode terminar a guerra agora? – disse Sab Than. – É preciso somente a palavra de Than Kosis para que seja feita a paz. Diga, meu pai, diga a palavra que me trará alegria e um fim para esse conflito que descontenta o povo.

– Veremos como o povo de Helium lidará com a paz – replicou Than Kosis. – Garanto que oferecerei isso a eles.

Dejah Thoris, após algumas poucas palavras, voltou-se e deixou o apartamento, ainda seguida por seus guardas.

Então, como um castelo de areia, meu breve sonho de felicidade desmoronou, varrido pela onda da realidade. A mulher pela qual eu havia oferecido minha vida, e de cujos lábios ouvira recentemente uma declaração de amor, facilmente se esquecera de minha existência e, sorridente, havia se entregado ao filho do inimigo mais odiado por seu povo.

Embora eu mesmo tivesse ouvido tudo isso, era impossível acreditar. Precisava encontrar seus aposentos e, a sós, forçá-la a repetir a verdade cruel para que eu me convencesse. Assim, desertei de meu posto e corri pela passagem por trás das tapeçarias em direção à porta pela qual ela havia deixado a câmara. Deslizando silenciosamente por entre essa abertura, descobri um labirinto de corredores tortuosos se bifurcando e se espalhando em todas as direções.

Correndo rapidamente por um deles, e depois por outro, logo me vi desesperadamente perdido. Ao ouvir vozes perto de mim, parei ofegante contra uma parede lateral. Aparentemente, elas estavam vindo do lado oposto da divisória contra a qual eu me apoiava e, imediatamente, reconheci a voz de Dejah Thoris. Eu não podia entender as palavras, mas sabia que não estava enganado quanto à sua voz.

Alguns passos adiante, encontrei outra passagem, no final da qual havia uma porta. Andando decididamente até ela, adentrei o recinto e me vi em uma pequena antecâmara na qual estavam os quatro guardas que a acompanhavam. Um deles se levantou instantaneamente e me interpelou, perguntando o propósito de minha presença.

– Venho em nome de Than Kosis – respondi – e desejo falar em particular com Dejah Thoris, princesa de Helium.

– Qual é a sua ordem? – perguntou o indivíduo.

Eu não sabia do que ele estava falando, mas respondi que era membro da guarda e, sem esperar sua resposta, andei a passos largos na direção da porta oposta da antecâmara, por trás da qual podia ouvir Dejah Thoris conversando.

Todavia, minha entrada não seria realizada facilmente. O guarda se colocou em meu caminho e disse:

– Ninguém vem em nome de Than Kosis sem trazer uma ordem ou uma senha. Você deve informar uma ou outra antes que possa prosseguir.

– A única ordem que preciso para entrar onde desejo, amigo, está ao meu lado – respondi, apontando minha espada longa. – Vai me deixar entrar em paz ou não?

Em resposta, ele sacou sua espada decididamente, chamando seus companheiros para se juntarem a ele. Os quatro se posicionaram, com suas armas desembainhadas, barrando minha passagem.

– Você não está aqui por ordem de Than Kosis – gritou o primeiro que havia se dirigido a mim. – E não somente você não entrará nos aposentos da princesa de Helium como também será escoltado de volta a Than Kosis para explicar sua ousadia injustificada. Largue sua arma, você não pode vencer nós quatro – ele adicionou, com um sorriso sombrio.

Minha resposta foi um golpe que me deixou com apenas três antagonistas, e posso assegurar que estavam à altura de meu metal. Eles me encurralaram contra a parede rapidamente, fazendo-me lutar por minha vida. Aos poucos, consegui chegar a um canto da sala onde pude forçá-los a me enfrentar individualmente, e assim combatemos por cerca de vinte minutos. O clangor do aço contra aço produziu uma verdadeira cacofonia na pequena sala.

O barulho trouxe Dejah Thoris à porta de seu apartamento e ali ela ficou parada durante toda a luta, com Sola logo atrás, espiando sobre seu ombro. Sua face não demonstrava emoção e eu sabia que ela não me reconhecia, tampouco Sola.

Finalmente, um golpe de sorte derrubou o segundo guarda e então, com apenas dois oponentes, mudei minha tática e os coloquei sob a carga do estilo de luta que sempre me reservou tantas vitórias. O terceiro caiu em menos de dez segundos após o segundo, e o último estava morto sobre o chão sangrento alguns momentos depois. Eram homens valentes e lutadores nobres, e me angustiei por ter sido forçado a matá-los, mas eu despovoaria alegremente

Barsoom inteiro se não houvesse alternativa para estar ao lado de minha Dejah Thoris.

Embainhando minha lâmina ensanguentada, avancei na direção de minha princesa marciana, que continuava parada e muda, olhando para mim sem sinal de reconhecimento:

– Quem é você, zodangano? – ela murmurou. – Outro inimigo para me perturbar em minha miséria?

– Sou amigo – respondi. – Um amigo que antes era estimado.

– Nenhum amigo da princesa de Helium veste esse metal – ela respondeu –, mas essa voz! Já a ouvi antes. Não é... não pode ser... não, porque ele está morto.

– Mas é, minha princesa, nenhum outro além de John Carter – eu disse. – Não reconhece, mesmo por trás desta tinta e do metal estranho, o coração de seu líder?

Ao me aproximar, ela se inclinou em minha direção com os braços estendidos; mas, quando fui para alcançá-la e tomá-la em meus braços, recuou com um calafrio e um pequeno gemido de tristeza:

– Tarde demais, tarde demais – ela lamuriou. – Oh, meu antigo líder que pensei estar morto, se tivesse retornado apenas uma hora antes... mas agora é tarde demais, tarde demais.

– Do que está falando, Dejah Thoris? – exclamei. – Que não teria se comprometido com o príncipe zodangano se soubesse que estou vivo?

– Acha mesmo, John Carter, que eu teria entregado meu amor a você ontem e a outro hoje? Achei que meu coração estava enterrado com suas cinzas nos fossos de Warhoon e, por isso, hoje prometi o resto de meu corpo a outro para salvar meu povo da maldição de um exército zodangano vitorioso.

– Mas eu não estou morto, minha princesa. Vim para reclamá-la e nem toda a Zodanga poderá me impedir.

– É tarde demais, John Carter, minha promessa foi feita, e em Barsoom isso não tem volta. As cerimônias que se seguirão nada mais são do que formalidades banais, tal como o cortejo fúnebre não marca a morte do jeddak. Eu já estou casada, John Carter. Você não pode mais me chamar de sua princesa. Você não é mais meu líder.

– Conheço pouco dos seus costumes aqui em Barsoom, Dejah Thoris, mas sei que a amo, e se você realmente acredita nas últimas palavras que disse para mim naquele dia em que as hordas de Warhoon estavam avançando sobre nós, nenhum outro homem jamais poderá tomá-la como noiva. Você as disse naquele dia, minha princesa, e ainda acredita nelas! Diga que é verdade.

– Eu quis dizê-las, John Carter – ela murmurou. – Mas não posso mais repeti-las agora porque me entreguei a outro. Oh, se você apenas soubesse, meu amigo – ela continuou, meio que falando sozinha –, minha promessa teria sido sua há muitos meses, e você poderia ter me desposado antes de todos os outros. Isso poderia significar a queda de Helium, mas eu entregaria meu império ao meu líder tharkiano.

Então, ela disse em voz alta:

– Lembra-se da noite em que me ofendeu? Você me chamou de sua princesa sem haver pedido minha mão, e então se vangloriou de ter lutado por mim. Você não conhecia nossos costumes e, agora vejo, eu não devia ter me ofendido. Mas não havia ninguém para explicar o que eu não poderia dizer. Em Barsoom, há dois tipos de mulheres nas cidades dos homens vermelhos: aquelas pelas quais eles lutam para depois pedir sua mão, e outras por quem também lutam, mas que nunca pedem em casamento. Quando um homem conquista uma mulher, ele pode se dirigir a ela como sua princesa ou usar qualquer outra expressão que signifique posse. Você havia lutado por mim, mas nunca me pediu em casamento. Portanto, quando me chamou de sua princesa, entenda – ela vacilou –, fiquei magoada. Mas, mesmo assim, John Carter, não o repeli como deveria ter feito, até que você agravou a situação ao zombar de mim, dizendo que havia me conquistado em combate.

– Não preciso mais pedir seu perdão agora, Dejah Thoris – afirmei. – Você deve saber que minha falha se deve à minha ignorância de seus costumes barsoomianos. O que não fiz, apesar de minha crença implícita de que meu pedido será presunçoso e inoportuno, farei agora, Dejah Thoris. Peço que seja minha esposa e, por todo o sangue guerreiro da Virgínia que corre em minhas veias, você será.

– Não, John Carter, é inútil – ela gritou, desesperada. – Jamais serei sua enquanto Sab Than viver.

– Você selou a sentença de morte de Sab Than, minha princesa. Ele morrerá.

– Isso também não pode ser – apressou-se em explicar. – Não devo me casar com o homem que assassinar meu marido, mesmo em legítima defesa. É o costume. Somos regidos pelos costumes de Barsoom. É inútil, meu amigo. Você deve suportar a angústia comigo. Pelo menos isso teremos em comum. Isso e a memória dos breves dias entre os tharks. Você deve partir agora e nunca mais me procurar. Adeus, meu antigo líder.

Abatido e triste, retirei-me da sala, mas não estava totalmente desencorajado. E também não admitiria perder Dejah Thoris até que a cerimônia realmente se realizasse.

Vagando pelos corredores, eu estava tão absolutamente perdido na confusão de passagens tortuosas quanto estava antes de descobrir os alojamentos de Dejah Thoris.

Eu sabia que minha única chance repousava em fugir da cidade de Zodanga, porque a morte dos quatro guardas teria de ser explicada e eu nunca conseguiria voltar ao meu posto original sem um guia. As suspeitas certamente recairiam sobre mim tão logo eu fosse descoberto vagando perdido pelo palácio.

Nessa hora, deparei com uma rampa em espiral levando aos andares inferiores e desci por ela por vários andares até chegar ao portal de um grande apartamento onde havia alguns guardas. As paredes desse aposento eram recobertas por tapeçarias transparentes por trás das quais me escondi sem ser percebido.

A conversa entre os guardas era trivial e não despertou meu interesse até um oficial entrar na sala e ordenar que quatro homens rendessem o corpo de guarda da princesa de Helium. Agora, eu sabia, meus problemas começariam seriamente e, em pouco tempo, estariam à minha caça. Pareceu-me que bastou um breve momento para que um dos guardas que acabara de sair da sala voltasse repentinamente e, sem fôlego, berrasse que havia encontrado seus quatro camaradas exterminados na antecâmara.

Em um segundo todo o palácio ficou em polvorosa. Guardas, oficiais, cortesãos, servos e escravos corriam em completa confusão pelos corredores e apartamentos, levando mensagens e ordens e procurando pistas do assassino.

Essa era a minha oportunidade e, por mais ínfima que parecesse, me agarrei a ela. Quando um grupo de soldados passou apressado pelo meu esconderijo, juntei-me à sua retaguarda e os segui pelo labirinto do palácio até que passassem pelo grande saguão, onde vi a abençoada luz do dia entrando através de uma série de janelas maiores.

Ali, abandonei meus guias e, pulando pela janela mais próxima, procurei uma avenida para escapar. As janelas eram voltadas para uma grande sacada que ficava acima de uma das largas avenidas de Zodanga. O chão estava cerca de dez metros abaixo e, à mesma distância do edifício, havia ainda outra parede de seis metros de altura construída de vidro polido de trinta centímetros de espessura. Seria impossível para um marciano vermelho escapar por essa rota, mas para mim, com poder e agilidade de terráqueo, aquilo parecia muito fácil. Meu único medo era ser visto antes que a escuridão caísse, porque não poderia dar o salto em plena luz do dia enquanto o pátio abaixo e a avenida mais adiante estivessem apinhados de zodanganos.

Por esse motivo, procurei um lugar para me esconder e finalmente encontrei um, por acidente, dentro de um enorme ornamento dependurado no teto do saguão a quase três metros do chão. Saltei com facilidade para dentro do espaçoso vaso em formato redondo e, mal havia me acomodado dentro dele, ouvi algumas pessoas entrando no recinto. O grupo parou sob meu esconderijo e eu podia ouvir claramente cada uma de suas palavras.

– É obra dos heliumitas – disse um dos homens.

– Sim, ó, jeddak, mas como eles tiveram acesso ao palácio? Eu poderia acreditar que, mesmo com o cuidado diligente de seus guardas, um inimigo pudesse chegar às câmaras internas, mas como uma força de seis ou oito combatentes poderia fazer o mesmo sem ser detectada está além de minha razão. Logo devemos saber, contudo, porque está chegando o psicólogo real.

Agora, outro homem se juntava ao grupo e, depois de fazer sua saudação formal ao regente, disse:

– Ó, poderoso jeddak, leio uma história estranha nas mentes mortas de seus leais guardas. Eles foram ceifados não por um grupo de combatentes, mas por apenas um oponente.

Ele fez uma pausa para que todo o peso de seu pronunciamento impressionasse seus ouvintes, e essa afirmação difícil de ser aceita foi evidenciada pela exclamação impaciente de incredulidade que escapou dos lábios de Than Kosis:

– Que tipo de história estranha me contará, Notan? – ele exclamou.

– É verdade, meu jeddak – retrucou o psicólogo. – Na verdade, as impressões foram fortemente marcadas no cérebro de cada um dos quatro guardas. Seu antagonista era um homem muito alto, vestindo o metal de um de seus próprios guardas, e sua habilidade de luta beirava o incrível porque lutava francamente contra todos os quatro e os derrotou usando sua habilidade, seu poder e resistência sobre-humanos. Embora ele vestisse o metal de Zodanga, meu jeddak, tal homem nunca fora visto antes neste ou em qualquer outro país em Barsoom inteiro.

"A mente da princesa de Helium, a qual examinei e investiguei, estava vazia para mim. Ela tem perfeito controle e não pude ler absolutamente nada. Ela disse que testemunhou uma parte do encontro e que, quando vislumbrou a cena, havia apenas um homem que ela nunca havia visto antes."

– Onde está aquele que me salvou? – disse outra voz, que reconheci como sendo a do primo de Than Kosis, que eu havia resgatado dos guerreiros verdes. – Pelo metal de meu primeiro ancestral – continuou –, sua descrição coincide exatamente com ele, especialmente sobre sua habilidade de luta.

– Onde está esse homem? – gritou Than Kosis. – Tragam-no até mim imediatamente. O que sabe dele, primo? Parece estranho, agora que penso nisso, que houvesse um lutador como ele em Zodanga e que não soubéssemos seu nome até hoje. E esse nome, John Carter; quem jamais ouviu um nome desses em Barsoom?

Logo chegou a notícia de que eu não pude ser encontrado no palácio ou em meus antigos alojamentos nos galpões do esquadrão de patrulha aérea. Kantos Kan foi encontrado e interrogado, mas não sabia nada sobre meu paradeiro nem sobre meu passado. Ele disse que sabia pouco de mim, já que havíamos nos conhecido recentemente, quando fomos aprisionados pelos warhoons.

– Fique de olho neste aqui – comandou Than Kosis. – Ele também é um estranho e provavelmente ambos são servos de Helium. Onde estiver um, logo encontraremos o outro. Quadrupliquem a patrulha aérea e que todo homem que deixar a cidade, por ar ou por terra, seja colocado sob intenso escrutínio.

Outro mensageiro entrou na sala com a notícia de que eu ainda estava dentro do palácio:

– A aparência de todas as pessoas que entraram ou saíram das dependências do palácio hoje foi cuidadosamente examinada – informou o indivíduo –, e nenhuma se aproxima da descrição desse novo padwar dos guardas, além da registrada quando ele foi apresentado pela primeira vez.

– Então ele será capturado em breve – comentou Than Kosis com satisfação. – Enquanto isso, iremos aos aposentos da princesa de Helium e a interrogaremos sobre o fato. Ela deve saber mais do que se dignou a confessar a você, Notan. Venham.

Eles deixaram o salão e, quando a escuridão caiu, me esgueirei suavemente de meu esconderijo e me apressei para a sacada. Poucos estavam à vista e, escolhendo o momento no qual ninguém parecia estar atento, saltei rapidamente para o topo da parede de vidro e dali para a avenida que levava para longe das dependências do palácio.

CAPÍTULO XXIII

Perdido no céu

Sem dificuldades para me esconder, apressei-me a chegar perto de nossos alojamentos, onde eu tinha certeza de que encontraria Kantos Kan. Ao me aproximar da construção, tornei-me mais cuidadoso porque julguei – acertadamente – que o lugar estaria sendo vigiado. Diversos homens em metais civis vadiavam perto da entrada central e o mesmo acontecia nos fundos. Meu único meio de alcançar o último andar onde ficavam nossos alojamentos era através do edifício adjacente e, depois de uma manobra considerável, consegui chegar ao telhado de uma loja, várias portas adiante.

Saltando de telhado em telhado, logo alcancei uma janela aberta no edifício onde esperava encontrar o heliumita. No momento seguinte eu estava parado à sua frente, dentro do cômodo. Ele estava sozinho e não demonstrou surpresa com minha chegada, dizendo que me esperava, pois meu turno já devia ter acabado havia algum tempo.

Percebi que ele não sabia dos eventos do dia no palácio e, quando o coloquei a par, ficou completamente excitado. A notícia de que Dejah Thoris havia prometido sua mão a Sab Than o encheu de pavor.

– Não pode ser – exclamou. – É impossível! Ora, qualquer homem em toda a Helium preferiria morrer a entregar nossa amada princesa à dinastia de Zodanga. Ela deve ter enlouquecido para concordar com uma barganha tão atroz. Você, que agora sabe quanto nós de Helium amamos nossa dinastia, não pode imaginar com que horror contemplo essa aliança maldita.

– O que pode ser feito, John Carter? – ele continuou. – Você é um homem de recursos. Não consegue pensar em um meio de salvar Helium da desgraça?

– Se eu puder chegar a uma distância de Sab Than que minha espada alcance – respondi –, posso resolver a dificuldade que preocupa Helium. Mas, por razões pessoais, preferiria que outro desferisse o golpe que libertará Dejah Thoris.

Kantos Kan me observou atentamente antes de falar:

– Você a ama! – ele disse. – Ela sabe disso?

– Ela sabe, Kantos Kan, e me repele simplesmente por causa de sua promessa a Sab Than.

A esplêndida figura levantou-se num salto e, me puxando pelo ombro, ergueu sua espada para o alto, exclamando:

– Se a decisão dependesse de mim, não teria escolhido um companheiro mais adequado para a primeira princesa de Barsoom. Eis aqui minha mão em seu ombro, John Carter, e minha palavra de que Sab Than sucumbirá pela ponta de minha espada, pelo amor que guardo por Helium, por Dejah Thoris e por você. Nesta mesma noite tentarei chegar até seus aposentos no palácio.

– Como? – perguntei. – Ele está fortemente guardado e uma força quádrupla patrulha os céus.

Ele pendeu a cabeça, pensativo por um momento, e então a levantou em sinal de confiança:

– Preciso apenas passar pelos guardas para fazê-lo – disse finalmente. – Conheço uma entrada secreta para o palácio através do pináculo da torre mais alta. Descobri essa passagem por acaso, quando estava em turno de patrulha voando sobre o palácio. Neste trabalho é preciso que investiguemos qualquer ocorrência fora do comum, e um rosto espiando do pináculo mais alto era, para mim, fora do comum. Assim, me aproximei e descobri que o dono daquele rosto era ninguém menos do que Sab Than. Ele ficou irritado por ter sido visto e ordenou que eu guardasse o fato somente para mim, explicando que aquela passagem da torre levava diretamente aos seus aposentos e que somente ele sabia de sua existência. Se eu conseguir chegar ao telhado do quartel e pegar meu aeroplano, estarei no quarto de Sab Than em cinco minutos. Mas como posso escapar deste prédio se está tão vigiado como você diz?

– Quão bem guardados são os hangares das máquinas? – perguntei.

– Normalmente há apenas um homem em serviço durante a noite.

– Vá para o telhado deste prédio, Kantos Kan, e me espere lá.

Sem parar para explicar meus planos, refiz meu caminho para a rua e me apressei para os galpões. Não ousei entrar no prédio, cheio como estava de membros do esquadrão de patrulha aérea que, assim como toda a Zodanga, procuravam por mim.

O prédio era enorme, na retaguarda de um soberbo pico que se elevava trinta metros para o céu. Poucas construções em Zodanga eram mais altas do que esses hangares, apesar de outras serem algumas dezenas de metros mais altas. Os atracadouros das grandes belonaves enfileiradas ficavam a quarenta e cinco metros do chão, ao passo que as estações de cargas e de passageiros das esquadras mercantes se erguiam quase tão alto.

Era uma longa escalada pela face lateral do prédio, e repleta de perigos. Mas não havia outro meio, e assim ensaiei a tarefa. O fato de a arquitetura barsoomiana ser extremamente ornamentada fez a missão ser muito mais simples do que o esperado, com suas reentrâncias e projeções enfeitadas formando uma escada perfeita por todo o caminho até o beiral do telhado do prédio. Ali, encontrei meu primeiro obstáculo real. A beirada se projetava quase seis metros além da parede na qual eu me segurava, e embora eu tivesse circulado o grande edifício, não encontrei nenhuma abertura através dela.

A cobertura estava acesa e forrada de soldados entretidos em seus passatempos. Portanto, eu não podia chegar ao telhado pelo edifício.

Havia uma pequena e desesperada chance, e decidi arriscar; qualquer homem que já viveu arriscaria mil mortes por alguém como Dejah Thoris.

Agarrando-me à parede com os pés e uma mão, soltei uma das longas tiras de couro de meus paramentos. Em sua extremidade pendia um grande gancho usado pelos marinheiros para se pendurar nas laterais e no casco de suas naves quando reparos eram necessários e com os quais os grupos de aterrissagem descem das naves até o chão.

Girei o gancho cuidadosamente e lancei-o até o telhado por várias vezes até que ele encontrasse um encaixe.

Gentilmente o puxei para que ficasse mais bem fixado, mas eu não podia saber se aguentaria o peso de meu corpo. O gancho poderia estar preso em falso e escorregar, lançando-me para o pavimento trinta metros abaixo.

Hesitei por um instante e depois, soltando-me do ornamento na parede, lancei-me no espaço segurando a ponta da tira. Muito abaixo de mim repousavam as ruas lindamente iluminadas, os duros pavimentos e a morte. Houve um pequeno solavanco no topo onde o gancho se prendia e um traiçoeiro escorregão, com um rangido áspero que me congelou de apreensão. Então, o gancho se firmou e eu estava a salvo.

Escalando rapidamente até o topo, agarrei-me no beiral e me projetei para a superfície do telhado acima. Assim que fiquei em pé, fui confrontado pelo sentinela em serviço, que encontrei me apontando o cano de seu revólver.

– Quem é você e de onde veio? – gritou.

– Sou um patrulheiro aéreo, amigo, e por muito pouco não estou morto também. Escapei por pura obra do acaso de cair na avenida lá embaixo – respondi.

– Mas como você chegou até o telhado, homem? Ninguém aterrissou ou decolou do prédio na última hora. Vamos, explique-se ou chamarei a guarda.

– Venha olhar aqui, sentinela, e verá como cheguei e quão pouco faltou para que eu não chegasse – respondi, virando-me para a beira do telhado onde, seis metros abaixo, na ponta de minha tira, estavam amarradas todas as minhas armas.

O camarada, agindo pelo impulso da curiosidade, deu um passo para o meu lado e outro para sua desgraça. Quando ele se inclinou para espiar sobre o beiral, agarrei-o pela garganta e pelo braço da pistola, arremessando-o pesadamente sobre o telhado. A arma se soltou de sua mão e meus dedos abafaram sua tentativa de gritar por ajuda. Eu o amordacei e amarrei para depois pendurá-lo na mesma beirada do telhado onde eu ficara pendurado momentos antes. Eu sabia que o descobririam somente pela manhã, e todo tempo que eu pudesse ganhar seria precioso.

Vestindo meus paramentos e armas, apressei-me para os galpões e logo havia trazido para fora minha máquina e a de Kantos Kan. Amarrando a dele atrás da minha, liguei meu motor e planei sobre a borda do telhado para mergulhar sobre as ruas da cidade bem abaixo da altitude habitual da patrulha do ar. Em menos de um minuto pousava em segurança sobre o telhado de nosso apartamento, diante de um Kantos Kan estupefato.

Não perdi tempo com explicações e me pus rapidamente a discutir nossos planos para o futuro imediato. Ficou decidido que eu tentaria chegar a Helium enquanto Kantos Kan entraria no palácio para dar cabo de Sab Than. Se fosse bem-sucedido, ele deveria seguir meus passos. Ele ajustou a minha bússola, um engenhoso e pequeno apetrecho que indica permanentemente um determinado ponto fixo em toda a superfície de Barsoom. Despedimo-nos e alçamos voo juntos, acelerando na direção do palácio que ficava na rota que eu deveria tomar para chegar a Helium.

Ao nos aproximarmos da alta torre, a patrulha atirou em nós de cima para baixo, jogando a luz de seu ferino holofote em cheio sobre minha aeronave. Uma voz rugiu um comando de parada, seguido por um tiro pelo fato de eu ignorar o aviso. Kantos Kan mergulhou rapidamente para a escuridão enquanto eu subia constantemente a uma incrível velocidade rasgando os céus marcianos, persegui-do por uma dúzia de naves de patrulha aérea unidas em minha perseguição. Logo em seguida, um cruzador ligeiro levando cem homens e uma bateria de armas de fogo rápi-do se juntou a eles. Ziguezagueando com minha pequena máquina, ora para cima, ora para baixo, consegui despistar seus holofotes na maior parte do tempo, mas também esta-va perdendo terreno com essa tática, e assim decidi arris-car tudo em um curso direto, deixando o resultado nas mãos do destino e da velocidade de minha máquina.

Kantos Kan havia me ensinado um truque com a transmissão de marchas, conhecido apenas pela armada de Helium, que aumentava em muito a velocidade de nossas naves. Assim, senti que poderia me distanciar com segu-rança de meus perseguidores se conseguisse desviar dos projéteis por mais alguns momentos.

Ao acelerar através do ar, o zumbido das balas ao meu redor me convenceu de que somente um milagre me faria escapar, mas a sorte já estava lançada. Coloquei a nave a toda velocidade e risquei uma linha reta em minha rota na direção a Helium. Gradualmente, deixei meus perseguido-res mais e mais para trás, e já estava comemorando sozinho minha fuga quando um tiro certeiro do cruzador explodiu na proa de minha pequena nave. O impacto quase a fez emborcar, mas com um atordoante mergulho ela começou a cair pela escuridão da noite.

Quanto caí antes de retomar o controle do aeroplano não saberia dizer, mas devia estar bem próximo ao chão quando comecei a subir de novo porque pude ouvir clara-mente ruídos de animais logo abaixo. Novamente em rota ascendente, vasculhei os céus em busca de meus perseguidores e enfim divisei suas luzes muito atrás de mim. Vi que estavam pousando, evidentemente à minha procura.

Não arrisquei acender a pequena lâmpada de minha bússola antes que suas luzes não pudessem mais ser vistas. Para minha consternação, um fragmento do projétil havia danificado completamente meu único guia, assim como meu velocímetro. Era verdade que eu podia seguir as estrelas na direção de Helium, mas, sem saber a exata localização da cidade ou a velocidade em que estava viajando, minhas chances de achá-la eram ínfimas.

Helium fica mil e seiscentos quilômetros a sudoeste de Zodanga, e com a bússola intacta eu teria chances de completar a jornada, exceto por algum acidente, dentro de quatro ou cinco horas. Da forma como as coisas aconteceram, a manhã me encontrou voando sobre a vastidão de um fundo de mar morto, depois de seis horas de voo contínuo a grande velocidade. Nesse momento, uma grande cidade apareceu sob mim, mas não era Helium, porque somente ela – de todas as metrópoles barsoomianas – possui duas imensas cidades circulares e muradas, separadas por cento e vinte quilômetros, o que para mim seria fácil distinguir da altura na qual voava.

Acreditando que havia ido longe demais para o norte e para o oeste, dei meia-volta na direção sudeste, passando no decorrer da manhã por várias grandes cidades, mas nenhuma que lembrasse a descrição que Kantos Kan havia feito de Helium. Além da formação de cidades-gêmeas, Helium tem outra característica marcante, que são suas duas imensas torres: uma, de um vermelho vívido, ergue-se quase um quilômetro e meio para os céus, bem do centro de uma das cidades; a outra, de um amarelo brilhante e da mesma altura, simboliza sua irmã.

CAPÍTULO XXIV

Tars Tarkas encontra um aliado

Por volta do meio-dia, passei voando baixo sobre uma grande cidade em ruínas da parte antiga de Marte. Enquanto deslizava sobre a planície à minha frente, dei de encontro com alguns milhares de guerreiros verdes engajados em uma tremenda batalha. Mal os havia avistado e uma rajada de tiros veio em minha direção. Com sua quase infalível acuidade de mira, minha pequena nave foi instantaneamente transformada em ruínas, despencando erraticamente para o chão.

Caí praticamente no centro do combate selvagem, entre guerreiros que não haviam visto minha aproximação, tão ocupados estavam em sua luta de vida ou morte. Os homens lutavam a pé, com espadas longas, enquanto, na periferia do conflito, o disparo ocasional de um atirador de elite derrubava guerreiros que tentassem por algum instante se separar da massa confusa.

Conforme minha máquina desapareceu entre eles, percebi que só me restava lutar ou morrer, com grandes chances de morrer de qualquer maneira. Assim atingi o chão, desembainhando minha espada longa, pronto para me defender da melhor maneira.

Caí perto de um grande monstro que estava em combate com três antagonistas. Quando olhei de soslaio sua face brutal, iluminada pela luz da batalha, reconheci Tars Tarkas. Ele não me viu, pois eu estava um pouco atrás dele. Nesse momento os três guerreiros inimigos – que reconheci como warhoons – atacaram simultaneamente. O poderoso ser agiu rápido contra um deles, mas, ao dar um passo para trás preparando outro golpe, caiu sobre um dos mortos e ficou à mercê de seus opositores por um instante. Rápidos como raios, eles se abateram sobre o thark, e os pedaços de Tars Tarkas teriam de ser recolhidos posteriormente se eu não tivesse saltado à frente de sua forma prostrada para combater seus adversários. Eu já havia dado cabo de um deles quando o poderoso thark recobrou o equilíbrio e rapidamente exterminou o outro.

Ele me lançou um olhar e um leve sorriso se formou em seus lábios macabros. Tocando meu ombro, disse:

– Eu mal poderia reconhecê-lo, John Carter, mas nenhum outro mortal sobre Barsoom faria o que você fez por mim. Acho que aprendi que existe a tal coisa chamada amizade, meu amigo.

Ele não disse mais nada – ou sequer teria a oportunidade para isso – porque os warhoons estavam se aproximando de nós. Juntos, lutamos ombro a ombro durante toda aquela longa e quente tarde até que a maré da batalha mudasse e que os remanescentes da feroz horda warhoon recuassem, montando seus thoats e fugindo na escuridão que se formava.

Dez mil homens haviam se envolvido nessa luta titânica, e sobre o campo de batalha havia três mil mortos. Nenhum lado pediu, ofereceu, ou mesmo tentou fazer prisioneiros.

Em nosso retorno à cidade após a batalha, seguimos diretamente para os alojamentos de Tars Tarkas, onde fui deixado só enquanto o líder comparecia à costumeira reunião do conselho que se segue imediatamente após um conflito.

Enquanto esperava sentado o retorno do guerreiro verde, ouvi algo se movendo no apartamento ao lado e, quando fui ver o que era, uma grande e odiosa criatura disparou em minha direção, jogando-me contra uma pilha de sedas e peles sobre a qual eu estivera deitado momentos antes. Era Woola... o fiel e querido Woola. Ele havia encontrado o caminho de volta a Thark, como Tars Tarkas me contaria depois, e ido imediatamente aos meus antigos aposentos, onde iniciou uma patética e aparentemente infrutífera vigília esperando meu retorno.

– Tal Hajus sabe que está aqui, John Carter – disse Tars Tarkas, ao retornar das dependências do jeddak. – Sarkoja o viu e o reconheceu quando voltávamos. Tal Hajus ordenou que eu o levasse até ele esta noite. Eu tenho dez thoats, John Carter. Você pode ter uma chance com eles, e eu o acompanharei até a hidrovia mais próxima que leva a Helium. Tars Tarkas pode ser um guerreiro verde cruel, mas também pode ser amigo. Venha, não percamos tempo.

– E quando você retornar, Tars Tarkas? – perguntei.

– Os calots selvagens, talvez. Ou pior – ele respondeu.
– Exceto se eu tiver a oportunidade que espero há tanto tempo de enfrentar Tal Hajus em combate.

– Nós ficaremos, Tars Tarkas, e veremos Tal Hajus esta noite. Você não precisa se sacrificar e talvez seja esta a noite que guarda a chance que tanto espera.

Ele discordou energicamente, dizendo que Tal Hajus ainda era assolado por uma fúria selvagem apenas por lembrar o murro com que eu o havia acertado e que, se tivesse a chance de colocar as mãos em mim, eu seria sujeitado às mais terríveis torturas.

Enquanto comíamos, repeti a Tars Tarkas a história que Sola havia me contado naquela noite no fundo do mar, durante a marcha para Thark.

Ele falou pouco, mas os músculos de sua face se revolveram em paixão e agonia pela lembrança dos horrores que se haviam abatido sobre a única coisa que ele jamais amou em sua fria, cruel e terrível existência.

Assim, não mais avesso à minha sugestão de irmos ter com Tal Hajus, me disse apenas que antes gostaria de falar com Sarkoja. Atendendo a seu pedido, acompanhei-o até os aposentos dela, e o olhar de ódio perverso que ela lançou sobre mim foi a recompensa mais gratificante para qualquer desventura futura que esse retorno acidental a Thark poderia me trazer.

– Sarkoja – disse Tars Tarkas –, quarenta anos atrás você serviu de instrumento para a tortura e a morte de uma mulher chamada Kozava. Acabei de descobrir que o guerreiro que amava aquela mulher agora sabe de seu papel na trama. Talvez ele não mate você, Sarkoja, pois este não é nosso costume, mas não há nada que o impeça de amarrar a ponta de uma correia em seu pescoço e a outra em um thoat selvagem, simplesmente para testar sua capacidade de sobrevivência e, assim, ajudar a perpetuar nossa raça. Ao ouvir isso, ele jurou que realizaria tal feito pela manhã, e achei correto avisá-la porque sou um homem justo. O Rio Iss fica a uma pequena distância, Sarkoja. Venha, John Carter.

Na manhã seguinte, Sarkoja havia partido e nunca mais foi vista.

Em silêncio, caminhamos rapidamente ao palácio do jeddak, onde fomos levados de imediato à sua presença. Na verdade, ele mal podia esperar para me ver e estava em pé sobre sua plataforma olhando fixamente para a porta de entrada quando chegamos.

– Amarre-o naquele pilar – ele guinchou. – Vamos ver quem ousou agredir o poderoso Tal Hajus. Aqueçam os ferros. Com minhas próprias mãos queimarei seus olhos ainda em sua cabeça para que seu olhar não enoje minha pessoa.

– Líderes de Thark – bradei, voltando-me para a assembleia do conselho e ignorando Tal Hajus. – Sou um líder como vocês e hoje lutei lado a lado com seu maior guerreiro. Vocês me devem, ao menos, uma audiência. Fiz por merecer por meus atos de hoje. Você clamam ser apenas pessoas...

– Silêncio – rugiu Tal Hajus. – Amordacem a criatura e prendam-na como ordenei.

– Justiça, Tal Hajus – exclamou Lorquas Ptomel. – Quem é você para colocar de lado os costumes ancestrais dos tharks?

– Sim, justiça! – ecoou outra dúzia de vozes e, assim, enquanto Tal Hajus fumegava e espumava, continuei:

– Vocês são um povo valente e amam a bravura, mas onde estava seu poderoso jeddak durante a batalha de hoje? Eu não o vi no calor do confronto, pois ele não estava lá. Ele mutila mulheres indefesas e crianças em seu lar, mas qual foi a última vez que o viram lutando com homens? Ora, até mesmo eu, um anão perto dele, derrubei-o com um único golpe de meu punho. Não é assim que os tharks escolhem seus jeddaks? Aqui ao meu lado está um grande thark, um poderoso guerreiro e um homem nobre. Líderes, como soa "Tars Tarkas, jeddak de Thark"?

Um clamor de concordância ressoou, saudando essa sugestão.

– Permanece este conselho no comando, e Tal Hajus deve provar sua capacidade de reinar. Se fosse um homem valente, desafiaria Tars Tarkas para um combate, mas ele não o fará porque Tal Hajus tem medo. Tal Hajus, seu jeddak, é um covarde. Eu poderia tê-lo matado com minhas próprias mãos, e ele sabe disso.

Depois que terminei, houve um silêncio nervoso, enquanto todos os olhos de voltavam sobre Tal Hajus. Ele não falou nem se moveu, mas o verde malhado de seu semblante ficou lívido e a espuma congelou em seus lábios.

– Tal Hajus – disse Lorquas Ptomel, com uma voz fria e dura –, nunca em toda a minha vida presenciei um jeddak dos tharks ser tão humilhado. Só pode haver uma resposta para essa acusação. Esperamos por ela.

Mesmo assim, Tal Hajus continuou estático, petrificado.

– Líderes – continuou Lorquas Ptomel –, deve o jeddak Tal Hajus provar para Tars Tarkas sua capacidade de governar?

Havia vinte líderes sobre a tribuna, e vinte espadas brilharam no alto em concordância.

Não havia alternativa. A decisão era definitiva e, assim, Tal Hajus desembainhou sua espada longa e avançou para encontrar Tars Tarkas.

O combate logo estava terminado e, com seu pé sobre o pescoço do monstro morto, Tars Tarkas tornou-se o jeddak dos tharks.

Seu primeiro ato foi fazer de mim um líder completo, com a patente que eu havia conquistado por meus combates nas primeiras semanas de cativeiro entre eles.

Vendo a disposição favorável dos guerreiros em relação a Tars Tarkas, assim como em relação a mim, aproveitei a oportunidade para engajá-los em minha causa contra Zodanga. Contei a Tars Tarkas a história de minhas aventuras e, em poucas palavras, expliquei a ele o que se passava em minha mente.

– John Carter fez uma proposta – disse ele, dirigindo-se ao conselho – que tem minha aprovação. Vou apresentá-la brevemente. Dejah Thoris, a princesa de Helium, que era nossa prisioneira, agora é mantida presa pelo jeddak de Zodanga, com cujo filho ela deve se casar para salvar seu país da devastação nas mãos das forças zodanganas.

"John Carter sugere que a resgatemos e a devolvamos a Helium. O saque a Zodanga será magnífico, e ultimamente tenho pensado que, se tivéssemos uma aliança com o povo de Helium, poderíamos obter segurança e sustentabilidade suficientes para permitir um aumento do volume e da frequência de nossas ninhadas e, assim, tornarmo-nos inquestionavelmente soberanos entre os homens verdes de Barsoom. O que me dizem?"

Era uma chance de lutar, uma oportunidade de saquear, e eles morderam a isca como um rato corre para a ratoeira.

Para tharks, mostraram-se extremamente entusiasmados e, antes que outra meia hora se passasse, vinte mensageiros montados já estavam cavalgando pelo fundo dos mares mortos para anunciar a reunião das hordas para a expedição.

Três dias depois estávamos em marcha rumo a Zodanga. Éramos cem mil bravos depois de Tars Tarkas ter recrutado os serviços de três hordas menores com a promessa da grande pilhagem a Zodanga.

Eu cavalgava na dianteira da coluna ao lado do grande thark enquanto, aos pés de minha montaria, meu amado Woola nos acompanhava.

Viajamos sempre à noite, calculando nossa marcha para que acampássemos durante o dia nas cidades desertas nas quais ficávamos, inclusive as feras, o tempo todo na parte interna das construções. Durante a marcha, Tars Tarkas fez uso de sua considerável habilidade como governante e recrutou outros cinquenta mil guerreiros de várias hordas. Assim, dez dias após termos partido, paramos à meia-noite do lado de fora da grande cidade fortificada de Zodanga. Cento e cinquenta mil bravos.

A força de combate e a eficiência dessas hordas de ferozes monstros verdes eram equivalentes a dez vezes o mesmo número de homens vermelhos. Tars Tarkas me disse que nunca na história de Barsoom uma força de guerreiros verdes como essa havia marchado para a guerra juntos. Era uma tarefa colossal manter qualquer tipo de harmonia entre eles, e é inacreditável para mim que ele tivesse levado todos até a cidade sem que um grande motim irrompesse entre eles.

Mas, ao nos aproximarmos de Zodanga, suas disputas pessoais haviam sucumbido perante o ódio maior que sentiam pelos homens vermelhos, em especial os zodanganos, que por anos haviam empreendido uma campanha brutal pelo completo extermínio dos homens verdes, dirigindo atenção especial à destruição de suas incubadoras.

Agora que Zodanga estava diante de nós, a tarefa de obter um meio de entrar na cidade foi delegada a mim. Aconselhando Tars Tarkas a manter suas forças divididas em duas frentes fora do alcance das sentinelas da cidade

– cada uma alinhada a cada um dos grandes portões –, reuni vinte guerreiros desmontados e me aproximei de um dos pequenos portões que pontilhavam as muralhas a pequenos intervalos. Esses portões não têm guardas fixos, mas são cobertos por sentinelas que patrulham a avenida que circunda a cidade beirando os muros, assim como nossas polícias metropolitanas patrulham suas jurisdições.

As muralhas de Zodanga têm vinte e dois metros de altura e quinze de espessura. São construídas de enormes blocos de carboneto de silício, e a missão de adentrar a cidade parecia, aos guerreiros verdes que me acompanhavam, impossível. Os indivíduos que haviam sido instruídos a me seguir eram de uma das hordas menores e, portanto, não me conheciam.

Colocando três deles voltados para o muro, seus braços enganchados uns nos outros, ordenei que dois outros montassem em seus ombros e, a um sexto, ordenei que escalasse os ombros dos dois acima. A cabeça do guerreiro no ápice ficava a doze metros do chão.

Dessa forma, com dez guerreiros, construí uma série de três degraus do solo até os ombros do guerreiro do topo. Guardando uma pequena distância atrás deles, tomei impulso correndo, subi de uma fileira para a próxima e, com um salto final dos ombros largos do último deles, me agarrei firmemente ao topo da grande muralha, projetando-me silenciosamente para o vasto plano que a encimava. Eu arrastava atrás de mim seis tiras de couro amarradas, emprestadas de seis guerreiros. Elas haviam sido previamente presas umas às outras e, passando a ponta de uma para o guerreiro mais próximo do topo, desci a outra ponta cuidadosamente sobre o lado oposto do muro, na direção da avenida abaixo. Não havia ninguém à vista, e assim desci até a ponta da corda de couro e saltei os dez metros restantes até o pavimento.

Kantos Kan havia me ensinado o segredo para abrir esses portões. No momento seguinte, vinte grandes guerreiros estavam dentro da cidade condenada de Zodanga.

Descobri, para minha alegria, que eu havia entrado na periferia mais baixa do enorme terreno do palácio. A construção se apresentava ao longe com uma luz de brilho glorioso e, na mesma hora, enviei um destacamento de guerreiros diretamente para o interior do palácio, enquanto o restante da valente horda atacava as barracas dos soldados.

Despachei um de meus homens para pedir a Tars Tarkas uma unidade de cinquenta tharks, anunciando minhas intenções. Ordenei que dez guerreiros tomassem e abrissem um dos portões maiores enquanto eu e os outros nove remanescentes abriríamos o outro. Precisávamos fazer nosso trabalho em silêncio e nenhum tiro deveria ser disparado, nenhum avanço em grupo deveria ser feito até que eu tivesse chegado ao palácio com meus cinquenta tharks. Nosso plano funcionou perfeitamente. As duas sentinelas que encontramos foram encomendadas aos seus deuses sobre os bancos do Mar Perdido de Korus, e os guardas de ambos os portões os seguiram em silêncio.

CAPÍTULO XXV

O saque a Zodanga

Quando o grande portão onde eu estava se abriu, meus cinquenta tharks, liderados pelo próprio Tars Tarkas, adentraram montados em seus poderosos thoats. Eu os guiei para os muros do palácio, os quais não tive problemas em transpor. Uma vez dentro, contudo, o portão me deu um trabalho considerável, mas finalmente fui recompensado ao vê-lo se mover em suas enormes dobradiças e logo minha escolta cavalgava através dos jardins do jeddak de Zodanga.

Ao nos aproximarmos do palácio, era possível ver a câmara de audiência brilhantemente iluminada de Than Kosis através das grandes janelas do primeiro andar. O imenso salão estava repleto de nobres e suas esposas, como se algo muito importante estivesse acontecendo. Não havia guardas por ali em virtude, presumi, do fato de as muralhas da cidade e do palácio serem consideradas inexpugnáveis. Assim, cheguei mais perto para espionar.

Em um canto da câmara, sobre tronos de ouro cravejados de diamantes, sentavam-se Than Kosis e sua consorte, rodeados de oficiais e dignitários do governo. Diante deles se dispunha um longo corredor formado por soldados de ambos os lados. Enquanto eu observava, a ponta de uma procissão avançou, vinda do outro lado do salão, e adentrou o corredor em direção aos tronos.

À frente marchavam quatro oficiais da guarda do jeddak trazendo uma grande bandeja sobre a qual repousava, em uma almofada de seda escarlate, uma enorme corrente dourada com um cadeado em cada extremidade. Logo atrás desses oficiais, outros quatro traziam uma bandeja similar que carregava os magníficos ornamentos dignos do príncipe e da princesa da casa real de Zodanga.

Aos pés do trono esses dois grupos se separaram e pararam, frente a frente, cada um de um lado do corredor. Depois disso vieram mais dignitários e os oficiais do palácio e do exército e, finalmente, duas figuras inteiramente cobertas em seda escarlate – das quais nenhuma feição era discernível. Esses dois pararam aos pés do trono, à frente de Than Kosis. Quando o resto da procissão já havia entrado e assumido seus lugares, Than Kosis se dirigiu ao casal à sua frente. Eu não podia ouvir as palavras, mas naquele momento dois oficiais avançaram e removeram as vestes escarlates de uma dessas figuras; assim, vi que Kantos Kan havia falhado em sua missão, porque era Sab Than, príncipe de Zodanga, quem apareceu diante de meus olhos.

Than Kosis tomou um conjunto de ornamentos de uma das bandejas e colocou um dos colares de ouro ao redor do pescoço de seu filho, fechando a trava do cadeado. Depois de algumas palavras proferidas a Sab Than, ele se voltou para a outra figura, da qual os oficiais removeram as sedas que a envolviam. Assim me foi revelada Dejah Thoris, princesa de Helium.

O objetivo da cerimônia estava claro para mim. Em alguns instantes Dejah Thoris seria unida para sempre ao príncipe de Zodanga. Era uma cerimônia impressionante e bela, presumo, mas para mim parecia a visão mais aterrorizante que jamais havia testemunhado. Enquanto os ornamentos eram ajustados sobre sua linda figura e seu colar de ouro permanecia aberto nas mãos de Than Kosis, elevei minha espada longa acima de minha cabeça e, com uma pesada coronhada, estilhacei o vidro da grande janela, saltando no meio de uma assembleia surpresa. Com um pulo, eu estava nos degraus da plataforma próxima a Than Kosis e, enquanto ele estava paralisado de surpresa, desci minha espada longa sobre a corrente de ouro que teria unido Dejah Thoris a outro.

No segundo seguinte tudo era confusão. Mil espadas me ameaçavam de todas as direções e Sab Than saltou sobre mim com uma adaga adornada que havia sacado de seus ornamentos nupciais. Eu poderia tê-lo matado facilmente como a uma mosca, mas o antigo costume de Barsoom impediu meu movimento e, segurando seu punho enquanto a adaga voava na direção de meu coração, lancei-a para o outro lado da sala com minha espada.

– Zodanga caiu! – gritei. – Vejam!

Todos os olhares se voltaram para a direção que apontei, e ali estavam, forçando sua entrada pelas portas de acesso, Tars Tarkas e seus cinquenta guerreiros cavalgando seus thoats.

Um grito de alarme e assombro tomou a multidão, mas não houve nenhuma palavra de medo. Em um segundo os soldados e os nobres de Zodanga estavam se abatendo sobre os tharks invasores.

Empurrando Sab Than de cima da plataforma, puxei Dejah Thoris para o meu lado. Atrás do trono havia uma estreita passagem e Than Kosis a bloqueava, me encarando, com sua espada longa em riste. Em um momento estávamos nos enfrentando, mas não encontrei um antagonista à altura.

Enquanto circundávamos a larga plataforma, vi Sab Than correndo em auxílio de seu pai, mas, ao levantar sua mão para desferir o golpe, Dejah Thoris saltou à sua frente e então minha espada encontrou o espaço para fazer de Sab Than jeddak de Zodanga. Enquanto seu pai rolava morto sobre o chão, o novo jeddak se livrou dos braços de Dejah Thoris e novamente ficamos frente a frente. Rapidamente um grupo de quatro oficiais se uniu a ele e, com minhas costas voltadas para o trono dourado, lutei mais uma vez por Dejah Thoris. Eu estava obrigado a me defender e não atingir Sab Than, caso contrário, perderia minha última chance de conquistar a mulher que amava. Minha lâmina riscava o ar com a rapidez de um relâmpago, defendendo-me dos golpes de meus oponentes. Desarmei dois e derrubei um, quando vários outros vieram em auxílio de seu novo regente, buscando vingança pela morte do anterior.

Enquanto avançavam, gritavam: "A mulher! A mulher! Matem a mulher! Ela planejou tudo! Matem! Matem a mulher!".

Chamando Dejah Thoris para ficar atrás de mim, abri caminho na direção de uma pequena passagem por trás do trono, mas os oficiais entenderam minhas intenções e três deles saltaram às minhas costas, diminuindo minhas chances de chegar a uma posição na qual eu poderia defender Dejah Thoris contra qualquer exército de espadachins.

Os tharks estavam completamente ocupados no centro da sala, e comecei a entender que nada menos do que um milagre poderia salvar Dejah Thoris ou a mim, quando vi Tars Tarkas surgindo do enxame de pigmeus que pululava sobre ele. Com uma parábola de sua poderosa espada, ele ceifou uma dúzia de corpos aos seus pés e assim abriu caminho à sua frente até chegar sobre a plataforma, ao meu lado, distribuindo morte e destruição para todos os lados.

A bravura dos zodanganos era contagiante. Nenhum tentou escapar, e quando a luta cessou foi porque apenas os tharks haviam sobrevivido no grande salão, além de mim e Dejah Thoris.

Sab Than jazia morto ao lado de seu pai e os corpos da alta nobreza e dos cavalheiros zodanganos cobriam o chão daquele matadouro sangrento.

Meu primeiro pensamento após a batalha foi para Kantos Kan. Deixando Dejah Thoris sob a responsabilidade de Tars Tarkas, destaquei uma dúzia de guerreiros e corri para os calabouços do palácio. Os carcereiros haviam desertado para se juntar à luta na sala do trono, e vasculhamos a prisão labiríntica sem oposição.

Chamei alto pelo nome de Kantos Kan em cada corredor, cada compartimento, e finalmente fui recompensado ao ouvir uma débil resposta. Guiados pelo som, logo o encontramos indefeso em uma cela escura.

Ele estava exultante em me ver, e curioso em saber a razão da luta cujos ecos distantes haviam chegado até sua prisão. Ele me disse que a patrulha aérea o havia capturado antes que chegasse à torre alta do palácio e que, portanto, nem sequer havia se aproximado de Sab Than.

Descobrimos que seria inútil tentar cortar as barras e as correntes que o mantinham aprisionado e, assim, seguindo sua sugestão, subi novamente para procurar nos corpos do andar acima as chaves dos cadeados de sua cela e dos grilhões.

Felizmente, um dos primeiros que examinei era seu carcereiro, e logo Kantos Kan se juntava a nós na sala do trono.

Os sons de artilharia pesada, misturados a gritos e berros, chegavam das ruas da cidade, e Tars Tarkas logo se apressou em comandar seus soldados. Kantos Kan o acompanhou para servir de guia enquanto os guerreiros verdes começavam uma busca mais detalhada no palácio, procurando por outros zodanganos e por valores a saquear. Dejah Thoris e eu fomos deixados a sós.

Ela havia desabado em um dos tronos dourados e, quando me virei para ela, devolveu-me um sorriso exausto:

– Nunca houve um homem assim! – ela exclamou. – Sei que Barsoom nunca viu um homem como você antes. Será que todos os homens da Terra são como você? Mesmo solitário, estrangeiro, caçado, ameaçado, perseguido, você fez em alguns poucos meses o que nenhum homem fez por eras em Barsoom: uniu as hordas selvagens do fundo dos mares e as trouxe para lutar como aliadas de um povo de marcianos vermelhos.

– A resposta é simples, Dejah Thoris – repliquei sorrindo. – Não fui eu quem fez isso, foi o amor. O amor por Dejah Thoris, um poder que pode realizar milagres ainda maiores do que este.

Um belo rubor se espalhou por sua face e ela respondeu:

– Agora você pode dizer isso, John Carter, e eu posso ouvi-lo porque estou livre.

– E devo dizer mais, embora seja tarde mais uma vez – retruquei. – Fiz muitas coisas estranhas em minha vida, coisas que homens mais sábios não teriam ousado, mas nunca, nem em meus sonhos mais alucinados, imaginei conquistar alguém como você, Dejah Thoris... porque nunca sonhei que em todo o universo existisse uma mulher como a princesa de Helium. O fato de ser uma princesa não me perturba, mas você me faz duvidar de minha sanidade ao lhe perguntar, minha princesa, se deseja ser minha.

– Aquele que sabe tão bem a resposta ao pedido que fez não precisa ficar perturbado – ela respondeu, levantando-se e colocando suas doces mãos sobre meus ombros. Então, tomei-a em meus braços e a beijei.

E assim, em meio ao grande conflito na cidade preenchida por sirenes de guerra, com a morte e a destruição ceifando a terrível colheita à sua volta, Dejah Thoris, princesa de Helium, uma verdadeira filha de Marte, o deus da guerra, prometeu se casar com John Carter, cavalheiro da Virgínia.

CAPÍTULO XXVI

Da carnificina à alegria

Algum tempo depois, Tars Tarkas e Kantos Kan retornaram para anunciar que Zodanga estava completamente subjugada. Suas forças haviam sido totalmente destruídas ou capturadas, não restando mais nenhuma resistência posterior. Diversas belonaves escaparam, mas havia milhares de navios de guerra e mercantes sob a guarda dos guerreiros thark.

As hordas menores haviam começado a pilhagem e, consequentemente, as disputas entre eles. Ficou decidido que reuniríamos quantos guerreiros pudéssemos, tripularíamos quantos navios fosse possível com prisioneiros zodanganos e partiríamos sem demora para Helium.

Cinco horas depois, navegávamos a partir dos telhados das docas com uma armada de duzentos e cinquenta navios de guerra, levando quase cem mil guerreiros e seguidos por uma frota de cargueiros para nossos thoats.

Deixamos para trás uma cidade em retalhos, dominada por cinquenta mil guerreiros verdes, ferozes e brutais, das hordas inferiores. Eles estavam pilhando, assassinando e lutando entre si. Em centenas de lugares haviam feito uso de suas tochas, e colunas de fumaça densa se erguiam sobre a cidade como que para ocultar dos olhos do céu as terríveis cenas abaixo.

No meio da tarde avistamos as torres vermelha e amarela de Helium. Pouco tempo depois, uma grande armada de belonaves zodanganas se levantou dos campos em redor da cidade, avançando para o encontro.

As flâmulas de Helium haviam sido estendidas de proa a popa em cada uma de nossas poderosas naves, mas os zodanganos não precisavam ver esse sinal para saber que éramos inimigos, pois nossos guerreiros marcianos haviam aberto fogo sobre eles praticamente no momento em que decolaram. Com sua fabulosa mira, varreram a frota inimiga com rajada após rajada.

As cidades gêmeas de Helium, percebendo que éramos amigos, enviaram centenas de embarcações em nosso auxílio, e então teve início a primeira batalha aérea de verdade que meus olhos já viram.

Os navios que carregavam nossos guerreiros verdes foram mantidos entre as frotas em combate de Helium e Zodanga, uma vez que suas baterias eram inúteis nas mãos dos tharks que, por não possuírem armada, não tinham habilidade com o equipamento naval. Suas armas de mão, contudo, eram bastante efetivas, e o resultado final da batalha foi extremamente influenciado – se não determinado – por sua presença.

Primeiro, as duas forças circularam à mesma altitude, disparando sua artilharia de costado a costado, uns nos outros. Nesse momento, um grande buraco se abriu no casco de uma das imensas naves de guerra do lado zodangano. Com uma guinada, ela emborcou completamente, despejando a sua tripulação, que caiu rodopiando em espirais na direção do solo, trezentos metros abaixo. Então, a uma velocidade alucinante, a nave mergulhou atrás deles, enterrando-se quase que completamente na greda do fundo do mar antigo.

Um clamor selvagem de exultação se elevou do esquadrão heliumita e, com ferocidade redobrada, se lançaram sobre a frota zodangana. Por meio de uma bela manobra, dois dos navios de Helium ganharam uma posição acima da de seus adversários e dali fizeram chover de suas baterias laterais uma torrente perfeita de bombas.

Então, uma a uma, as belonaves de Helium tiveram êxito em se posicionar sobre os zodanganos e, em pouco tempo, várias de suas embarcações militares cercadas eram apenas ruínas flutuando à deriva na direção da grande torre escarlate de Helium. Muitas outras tentaram escapar, mas logo foram rodeadas por milhares de pequenas aeronaves individuais, acima das quais pendia outra monstruosa nave de Helium pronta para lançar grupos de abordagem sobre seu convés.

Pouco mais de uma hora depois que o esquadrão zodangano havia decolado do campo de cerco em nossa direção, a batalha estava terminada. As embarcações remanescentes dos vencidos se encaminhavam para as cidades de Helium sob o comando de suas valorosas tripulações.

Havia um lado extremamente patético na rendição dessas poderosas aeronaves, resultado de um costume atávico que demandava que a capitulação do derrotado fosse sinalizada pelo mergulho voluntário do comandante do navio vencido em direção à terra. Um após outro, os bravos indivíduos, segurando suas cores sobre suas cabeças, saltavam dos altos mastros de suas portentosas naves em direção a uma morte terrível.

Até que o comandante de toda a frota não saltasse para a morte, indicando assim a rendição dos navios restantes, a luta não cessaria e o sacrifício inútil de valentes homens continuaria.

Nesse momento, sinalizamos para a nau capitânia das forças armadas de Helium se aproximar e, quando se colocaram a uma distância suficiente, avisei que tínhamos a princesa Dejah Thoris a bordo e que gostaríamos de transferi-la para sua embarcação a fim de ser levada imediatamente para a cidade.

Quando minha proclamação chegou até eles, um grande brado se elevou dos conveses do navio-líder. No momento seguinte, as cores da princesa de Helium desabrocharam de uma centena de pontos das construções superiores. Quando entenderam o significado da ação, outros navios do esquadrão se uniram ao clamor e desenrolaram as cores da princesa à brilhante luz do sol.

A capitânia desceu para perto, flutuou graciosamente até tocar nosso flanco e uma dúzia de oficiais saltou para os nossos deques. Quando seus olhares surpresos recaíram sobre centenas de guerreiros verdes, que agora saíam dos abrigos de combate, eles estancaram, mas ao verem Kantos Kan, que se adiantou para encontrá-los, continuaram e o cercaram para cumprimentá-lo.

Dejah Thoris e eu avançamos; eles não tinham olhos para outra pessoa que não sua princesa. Ela os recebeu com graça, chamando-os pelo nome, porque eram homens da mais alta estima e a serviço de seu avô, os quais ela conhecia havia muito tempo.

– Pousem suas mãos sobre os ombros de John Carter – ela disse a eles, voltando-se para mim –, o homem a quem Helium deve sua princesa assim como sua vitória de hoje.

Trataram-me com muita cortesia e me dispensaram muitos cumprimentos e gentilezas, embora o que parecesse impressioná-los mais fosse o fato de eu ter conseguido a ajuda dos ferozes tharks em minha campanha pela liberação de Dejah Thoris e de Helium.

– Vocês devem seus agradecimentos mais a outro homem do que a mim – eu disse –, e aqui está ele. Conheçam um dos maiores soldados e governantes de Barsoom, Tars Tarkas, jeddak de Thark.

Com a mesma cortesia refinada que haviam dispensado a mim, estenderam suas saudações ao grande thark que, para minha surpresa, não ficou muito atrás, comparando-se o altruísmo e a escolha das palavras. Apesar de não serem uma raça de muitas palavras, os tharks são extremamente formais e seus modos lhes emprestam maneiras imensamente dignas e nobres.

Dejah Thoris subiu a bordo da capitânia e ficou irritada quando eu disse que não a seguiria porque, como expliquei, a batalha estava apenas parcialmente vencida. Ainda tínhamos que cuidar das forças terrestres zodanganas que mantinham o cerco, e eu não poderia deixar Tars Tarkas antes que isso fosse resolvido.

O comandante das forças navais de Helium prometeu organizar seus exércitos para um ataque conjunto vindo do interior da cidade e por terra. Após isso, as embarcações se separaram e Dejah Thoris voou triunfante de volta à corte de seu avô, Tardos Mors, jeddak de Helium.

Ao longe – onde permaneceu por toda a batalha –, estava nossa frota de cargueiros, levando os thoats dos guerreiros verdes. Sem pontes de desembarque, a tarefa de descarregar essas feras em campo aberto não seria fácil, mas não havia alternativa, então nos deslocamos para um ponto a cerca de quinze quilômetros da cidade e começamos o trabalho.

Era preciso baixar os animais até o chão com alças, e essa missão ocupou todo o restante do dia, assim como metade da noite. Fomos atacados duas vezes por destacamentos da cavalaria zodangana, mas tivemos poucas baixas. De qualquer forma, quando a escuridão caiu, eles recuaram.

Assim que o último thoat foi desembarcado, Tars Tarkas deu o comando de avanço e, em três divisões, esgueiramo-nos sobre o acampamento zodangano para o norte, o sul e o leste.

Menos de dois quilômetros antes do acampamento principal, encontramos seus postos avançados e, como estava combinado, esse era o sinal para o ataque. Com gritos ferozes e selvagens, entremeados pelos berros assustadores de thoats enervados para a batalha, nos abatemos sobre os zodanganos.

Não os pegamos desprevenidos, mas entrincheirados, prontos para nos enfrentar. Uma vez após outra fomos repelidos até que, perto do meio-dia, comecei a temer o resultado do confronto.

Somados de polo a polo, os soldados zodanganos eram cerca de um milhão, espalhados sobre suas faixas territoriais próximas às hidrovias, ao passo que contra eles havia menos de uma centena de milhar de guerreiros verdes. As forças a serem enviadas por Helium ainda não haviam chegado, e nenhuma notícia delas fora ouvida.

Exatamente ao meio-dia ouvimos uma pesada artilharia ao longo da linha entre os zodanganos e as cidades, e sabíamos que nossos tão necessários reforços haviam chegado.

Novamente Tars Tarkas ordenou o ataque, e outra vez os poderosos thoats levaram seus terríveis cavaleiros contra as linhas de defesa inimigas. Ao mesmo tempo, a linha de frente de Helium surgiu sobre a barricada oposta dos zodanganos que, no momento seguinte, estavam sendo esmagados contra duas forças inexoráveis. Eles lutaram com nobreza, mas em vão.

A planície em frente à cidade tornou-se um verdadeiro matadouro antes que o último zodangano se rendesse, mas finalmente a carnificina cessou. Os prisioneiros foram encaminhados de volta a Helium e entramos pelos grandes portões como uma grande e triunfante procissão de heróis conquistadores.

As largas avenidas estavam ladeadas por mulheres e crianças e, entre elas, os poucos homens cujas tarefas exigiam que permanecessem dentro da cidade durante a batalha. Fomos saudados com um coro infinito de aplausos e banhados com ornamentos de ouro, platina, prata e pedras preciosas. A cidade estava enlouquecida de alegria.

Meus brutais tharks causaram extremo entusiasmo e excitação. Nunca uma tropa armada de guerreiros verdes havia entrado pelos portões de Helium, e o fato de agora entrarem como amigos e aliados enchia os homens vermelhos de regozijo.

Que meus parcos serviços prestados a Dejah Thoris já eram conhecidos pelos heliumitas era evidente pelos altos brados chamando meu nome e pelos punhados de ornamentos que eram colocados sobre mim e meu grande thoat enquanto passávamos pela avenida em direção ao palácio, porque, mesmo diante da aparência selvagem de Woola, o povo se prensava muito próximo a mim.

Ao nos aproximarmos daquela magnífica construção, fomos recebidos por um grupo de oficiais que nos saudou calorosamente e pediu que Tars Tarkas, seus jeds, os jeddaks e jeds de seus aliados bárbaros e eu desmontássemos e os acompanhássemos para receber de Tardos Mors toda a sua gratidão por nossos serviços.

No alto da grade escadaria que se elevava até os portões principais do palácio, a corte real nos esperava, e quando começamos a galgar os degraus mais baixos, um deles começou a descer ao nosso encontro.

Ele era um espécime masculino quase perfeito. Alto, reto como uma flecha, soberbamente musculoso e com a postura e a atitude de um verdadeiro monarca. Não foi necessário que ninguém me dissesse que aquele era Tardos Mors, jeddak de Helium.

O primeiro membro de nosso grupo a quem se dirigiu foi Tars Tarkas, e suas primeiras palavras selaram para sempre uma nova amizade entre as duas raças:

– Que Tardos Mors – disse ele sinceramente – conheça o maior guerreiro vivo de Barsoom é uma honra inestimável, mas que ele ponha sua mão sobre o ombro de um amigo e aliado é uma bênção ainda maior.

– Jeddak de Helium – respondeu Tars Tarkas –, foi preciso que um homem de outro mundo ensinasse aos guerreiros verdes de Barsoom o significado da palavra amizade. A ele devemos o fato de que as hordas tharks agora podem ouvi-lo, apreciar e retribuir sentimentos tão bondosamente expressados.

Tardos Mors saudou cada um dos jeddaks e jeds verdes e a cada um proferiu palavras de amizade e apreço.

Ao se aproximar de mim, pousou ambas as mãos sobre meus ombros:

– Seja bem-vindo, meu filho – ele disse –, que mereceu, com muita felicidade e sem nenhuma palavra em contrário, a mais preciosa joia de toda Helium, sim, de Barsoom inteiro, e por isso também merece minha estima.

Em seguida fomos apresentados a Mors Kajak, jed da Helium inferior e pai de Dejah Thoris. Ele havia acompanhado Tardos Mors e parecia ainda mais comovido pelo encontro do que seu pai.

Ele tentou diversas vezes expressar sua gratidão a mim, mas, com a voz embargada pela emoção, não conseguia falar, embora sua reputação como lutador bravo e destemido fosse destacada mesmo no ambiente habitualmente militar de Barsoom. Assim como toda a Helium, ele venerava sua filha e não podia deixar de se emocionar profundamente ao imaginar de quais agruras ela havia escapado.

CAPÍTULO XXVII

Da alegria à morte

Por dez dias as hordas de Thark e seus aliados selvagens se fartaram e se entretiveram e, então, carregados de caros presentes e escoltados por dez mil soldados de Helium comandados por Mors Kajak, iniciaram sua jornada de retorno a suas terras. O jed da Helium inferior, acompanhado por uma pequena comitiva de nobres, os acompanhou por todo o caminho até Thark para selar com mais propriedade os laços de paz e amizade.

Sola também acompanhou Tars Tarkas, seu pai, que a reconheceu como filha perante todos os líderes.

Três semanas depois, Mors Kajak e seus oficiais, acompanhados por Tars Tarkas e Sola, retornaram em uma belonave que havia sido despachada a Thark para trazê-los a tempo da cerimônia que fez de Dejah Thoris e John Carter um só.

Por nove anos servi nos conselhos e lutei nos exércitos de Helium como príncipe da casa de Tardos Mors. O povo parecia nunca se cansar de me cobrir de honrarias, e nenhum dia se passou sem que uma nova prova de amor fosse entregue à minha princesa, a incomparável Dejah Thoris.

Em uma incubadora de ouro sobre o telhado de nosso palácio repousa um ovo branco como a neve. Por quase cinco anos, dez soldados da guarda do jeddak cuidaram de sua vigília, e nenhum dia se passou enquanto estive na cidade sem que Dejah Thoris e eu ficássemos de mãos dadas diante de nosso pequeno santuário planejando o futuro, quando a delicada casca se rompesse.

Vívida em minha memória permanece essa imagem da última noite em que nos sentamos, falando em voz baixa sobre o estranho romance que entrelaçou nossas vidas e sobre essa maravilha que estava chegando para ampliar nossa felicidade e concretizar nossas esperanças.

Ao longe, vimos a luz branca brilhante de uma aeronave se aproximando, mas não dispensamos atenção especial a uma visão tão comum. Como um relâmpago, ela voou em direção a Helium até que sua própria velocidade a denunciou.

Piscando os sinais que a identificavam como portadora de uma mensagem ao jeddak, ela circundou impacientemente à espera da morosa nave de patrulha que deveria escoltá-la até as docas do palácio.

Dez minutos depois que ela pousou no palácio, uma mensagem me convocava para a câmara do conselho, que já estava sendo ocupada pelos os membros daquele grupo.

Tardos Mors estava na plataforma elevada do trono, andando para a frente e para trás com um rosto marcado pela tensão. Quando todos estavam em seus assentos, ele se voltou para nós.

– Hoje de manhã – ele disse –, chegou a notícia a vários governos de Barsoom de que a usina de atmosfera não faz contato via rádio há dois dias, e tampouco as quase incansáveis chamadas dirigidas a ela por várias capitais lograram um sinal de resposta.

"Os embaixadores das outras nações pediram que assumíssemos a responsabilidade sobre o assunto e enviássemos sem demora o zelador-assistente da fábrica. Durante o dia todo, mil cruzadores procuraram por ele até que neste momento um deles retornou trazendo seu cadáver, encontrado nos fossos sob sua casa, terrivelmente mutilado por algum assassino.

"Não preciso dizer a vocês o que isso significa para Barsoom. Levaria meses para penetrar suas poderosas muralhas, embora, de fato, o trabalho já tenha começado. Haveria pouco a temer se os motores da estação de bombeamento estivessem funcionando normalmente, como o fez por milhares de anos até agora. Mas tememos que o pior tenha acontecido. Os instrumentos mostram uma queda rápida da pressão do ar em todas as partes de Barsoom. O motor parou."

– Meus cavalheiros – ele concluiu –, temos no máximo três dias de vida.

Um silêncio absoluto se fez por vários minutos até que um jovem nobre se levantou e, com sua espada fora da bainha, segurou-a alta sobre sua cabeça e se dirigiu a Tardos Mors.

– Os homens de Helium se orgulham de sempre terem mostrado a Barsoom como uma nação de homens vermelhos deve viver. Agora é nossa oportunidade de mostrar como se deve morrer. Vamos continuar nossas tarefas como se outros mil anos de atividade produtiva nos esperassem.

A câmara rugiu em aplausos, e não havia nada melhor a ser feito do que amainar os temores do povo dando-lhes o exemplo. Assim, seguimos nossos caminhos com um sorriso no rosto e a tristeza aguilhoando nossos corações.

Quando retornei ao meu palácio, descobri que o rumor já havia chegado até Dejah Thoris e contei a ela tudo o que havia ouvido.

– Nós fomos felizes, John Carter – ela disse –, e agradeço qualquer destino que se abata sobre nós desde que nos permita morrer juntos.

Os próximos dois dias não trouxeram nenhuma mudança significativa no suprimento de ar, mas na manhã do terceiro dia tornou-se difícil respirar em locais mais altos, como os telhados dos prédios. Todas as atividades cessaram. A maior parte das pessoas encarou bravamente sua morte anunciada. Aqui e ali, contudo, homens e mulheres se renderam a um pesar silencioso.

Perto da metade do dia, muitos dos mais fracos começaram a sucumbir, e dentro de uma hora o povo de Barsoom caía aos milhares na inconsciência que precede a morte por asfixia.

Dejah Thoris e eu, junto aos membros da família real, havíamos nos reunido em um jardim rebaixado em um dos pátios interiores do palácio. Conversamos em voz baixa – nos poucos momentos em que conversamos –, enquanto o terror da amarga sombra da morte rastejava sobre nós. Até mesmo Woola pareceu sentir o peso da calamidade iminente, porque se aconchegou perto de Dejah Thoris e de mim, chorando copiosamente.

A pequena incubadora foi trazida do telhado de nosso palácio a pedido de Dejah Thoris, e agora ela fitava detidamente a pequenina vida que ela nunca conheceria.

Conforme a dificuldade de respirar foi ficando mais perceptível, Tardos Mors se levantou e disse:

– Vamos nos dar o último adeus. Os dias de grandeza de

Barsoom se acabaram. O sol da próxima manhã iluminará um mundo morto que, por toda a eternidade, revolverá pelos céus despido até mesmo de nossas lembranças. Este é o fim.

Ele se inclinou e beijou as mulheres de sua família, e pousou sua pesada mão sobre os ombros dos homens.

Ao me voltar tristemente, meus olhos encontraram Dejah Thoris. Sua cabeça pendia sobre o peito e ela parecia estar totalmente sem vida. Com um grito, saltei até ela e a ergui em meus braços.

Seus olhos se abriram e olharam para mim:

– Beije-me, John Carter – ela murmurou. – Eu te amo! Eu te amo! É cruel termos de nos separar, agora que começávamos uma vida de amor e felicidade.

Ao pressionar seus preciosos lábios contra os meus, o velho sentimento de poder e autoridade invencível ardeu dentro de mim. O sangue lutador da Virgínia reviveu em minhas veias.

– Não será assim, minha princesa – exclamei. – Há, deve haver, um outro meio e John Carter, que lutou em um mundo estrangeiro por seu amor, o encontrará.

Após minhas palavras, uma série de nove sons havia muito esquecida rastejou até o limiar de minha consciência. Como um raio na escuridão, seu significado completo alvoreceu sobre mim... a chave para as três grandes portas da usina de atmosfera!

Virando-me repentinamente para Tardos Mors enquanto ainda segurava meu amor agonizante contra meu peito, gritei:

– Uma nave, jeddak! Rápido! Ordene que sua máquina voadora mais veloz esteja no topo do palácio. Ainda posso salvar Barsoom.

Ele não perdeu tempo questionando, e em um instante um guarda corria para a doca mais próxima. Mesmo com o ar rarefeito e quase inexistente no terraço, conseguiram lançar a mais rápida máquina individual de patrulha aérea que a habilidade de Barsoom já havia construído.

Beijando Dejah Thoris uma dezena de vezes e ordenando Woola, que caso contrário teria me seguido, a ficar e montar guarda, parti com minha velha agilidade e força para os altos muros do palácio. No momento seguinte, estava a caminho do objeto das esperanças de Barsoom.

Eu precisava voar baixo a fim de ter ar suficiente para respirar. Assim, tomei uma rota direta ao longo do fundo de um antigo mar para então me elevar somente alguns metros acima do solo.

Viajei a uma velocidade alucinante porque minha missão era uma corrida contra o tempo e contra a morte. O rosto de Dejah Thoris me acompanhava. Ao me virar para lançar-lhe o último olhar enquanto deixava o jardim do palácio, pude vê-la enfraquecida e caída ao lado da pequena incubadora. Eu sabia bem que ela havia mergulhado no último estágio do coma que a levaria à morte, caso o suprimento de ar não fosse renovado. Assim, despindo-me de qualquer precaução, livrei-me de todos os apetrechos, exceto o próprio motor e a bússola, e até mesmo de meus ornamentos. Deitei-me de bruços no convés, uma mão no volante e a outra forçando o acelerador até o limite máximo, e rasguei o ar rarefeito de um planeta moribundo com a rapidez de um meteoro.

Uma hora antes do anoitecer, as grandes muralhas da usina de atmosfera agigantaram-se repentinamente à minha frente, e, com um baque nauseante, mergulhei para o chão diante da pequena porta que guardava a fagulha de vida dos habitantes de todo um planeta.

Ao lado da porta, uma equipe de homens havia trabalhado na perfuração da parede, mas eles mal haviam arranhado a superfície de sílex. Agora, a maioria deles repousava em seu último sono, do qual nem mesmo o ar poderia despertá-los.

As condições pareciam muito piores ali do que em Helium, e eu respirava com extrema dificuldade. Havia alguns poucos homens conscientes e nenhum disse palavra.

– Se eu puder abrir essas portas, há algum homem capaz de ligar os motores? – perguntei.

– Eu posso – um deles respondeu –, se você agir rápido. Tenho apenas mais alguns momentos de vida. Mas é inútil, porque ambos os zeladores estão mortos e ninguém mais em Barsoom conhece o segredo destas malditas trancas. Por três dias homens ensandecidos pelo medo se arremessaram contra esse portal em tentativas inúteis de resolver o mistério.

Eu não tinha tempo para conversas. Estava ficando muito fraco e já tinha dificuldade em controlar minha mente.

Mas, em um esforço final, dobrei-me frouxamente sobre meus joelhos e lancei as nove ondas mentais contra aquela coisa maldita à minha frente. O marciano havia rastejado para o meu lado e, com seus olhos cheios de terror fixados em um único painel diante de nós, esperava a morte em silêncio.

Vagarosamente a gigantesca porta se afastou diante de nós. Tentei me levantar e continuar, mas estava fraco demais.

– Vá em frente – gritei ao meu companheiro –, e, se chegar à sala de bombeamento, abra todas as bombas. É a única chance que Barsoom tem de sobreviver a este dia!

De onde eu jazia, abri a segunda porta, depois a terceira, e, ao ver a esperança de Barsoom rastejando debilmente sobre suas mãos e joelhos através do último portal, desabei inconsciente sobre o solo.

CAPÍTULO XXVIII

Na caverna do Arizona

Estava escuro quando abri os olhos. Vestimentas estranhas e rígidas estavam sobre meu corpo. Roupas que estalavam e soltavam pó enquanto eu me punha sentado.

Senti meu corpo vestido da cabeça aos pés e dos pés à cabeça, embora, ao cair inconsciente na pequena entrada, estivesse nu. Diante de mim um pequeno pedaço de céu enluarado se mostrava através de uma abertura irregular.

Minhas mãos correram meu corpo até encontrarem bolsos, e dentro de um deles havia um pequeno pacote de fósforos embrulhados em papel oleado. Risquei um desses fósforos e sua chama frágil iluminou o que parecia ser uma grande caverna. No fundo dela, descobri uma figura estranha e estática contraída sobre um pequeno banco. Ao me aproximar, vi que se tratava dos restos de uma pequena mulher mumificada com longos cabelos negros. Ela estava curvada sobre um pequeno braseiro no qual repousava uma tigela redonda de cobre contendo uma pequena quantidade de pó verde.

Atrás dela, pendendo do teto por correias de couro e se estendendo por toda a caverna, estava uma fileira de esqueletos humanos. Da correia de cada um deles havia outra tira atada à mão morta da pequena mulher. Ao tocar a corda, os esqueletos balançaram com o movimento e fez--se um som de folhas secas ao vento.

Era uma cena grotesca e terrível, e me apressei para fora em busca de ar fresco, feliz em escapar de um lugar tão bizarro.

A visão que encontrou meus olhos, quando pus os pés para fora sobre uma pequena saliência que ficava diante da entrada da caverna, me encheu de consternação.

Um novo céu e uma nova paisagem encheram meus olhos. As montanhas prateadas ao longe, a lua quase estacionária pendurada no céu e o vale pontilhado de cactos abaixo de mim não eram de Marte. Eu mal podia acreditar em meus olhos, mas a verdade lentamente abriu espaço dentro de mim... Eu estava olhando para o Arizona, na mesma plataforma na qual, dez anos antes, eu havia olhado com anseio para Marte.

Afundando a cabeça nas mãos, voltei-me, cansado e angustiado, descendo a trilha até a caverna.

Sobre mim brilhava o olho vermelho de Marte guardando seu macabro segredo, a oitenta mil quilômetros de distância.

Teria o marciano chegado à sala de máquinas? Teria o ar revitalizador chegado às pessoas daquele distante planeta a tempo? Estaria minha Dejah Thoris viva ou seu lindo corpo, frio e morto, jazeria ao lado da pequena incubadora dourada no jardim subterrâneo do pátio interno do palácio de Tardos Mors, jeddak de Helium?

Por dez anos tenho esperado e rezado por uma resposta às minhas perguntas. Por dez anos tenho esperado e rezado para ser levado de volta ao mundo de meu amor perdido. Eu preferiria estar morto ao lado dela a viver na Terra, com milhões de malditos quilômetros entre nós.

A velha mina, que achei intacta, me trouxe uma fabulosa riqueza, mas que me importava o dinheiro?

Ao sentar-me aqui em meu estúdio com vista para o Hudson, apenas vinte anos se passaram desde que abri os olhos em Marte.

Posso vê-lo brilhando no céu através da pequena janela em frente à minha mesa, e hoje ele parece estar me chamando novamente como nunca chamou desde aquela noite, há muito tempo. E acho que posso ver, do outro lado desse infame abismo espacial, uma linda mulher de cabelos negros no jardim de um palácio. Ao seu lado, um pequeno garoto que põe os braços à sua volta, enquanto ela aponta para o céu na direção da Terra. Aos seus pés, uma grande e medonha criatura com um coração de ouro.

Acredito que estão a esperar por mim. E algo me diz que logo saberei.

TIPOLOGIA: Amerigo BT [texto]
RoslynGothic [títulos]

PAPEL: Pólen Soft 80 gr/m^2 [miolo]
Supremo 250 gr/m^2 [capa]

IMPRESSÃO: Rettec Artes Gráficas e
Editora Ltda. [novembro de 2020]

1ª EDIÇÃO: março de 2012